UNA VISITA INESPERADA

AGATHA CHRISTIE

UNA VISITA INESPERADA

Novelización de la obra teatral por Charles Osborne

Traducción de Melissa Arcos

Círculo de Lectores

1

Era poco antes de las doce de una fría noche de noviembre. Volutas de neblina ensombrecían tramos de la oscura y estrecha carretera rural del sur de Gales, flanqueada de árboles, no muy lejos del canal de Bristol, donde una sirena de niebla lanzaba un intermitente aullido melancólico. De vez en cuando se oía el distante ladrido de un perro o el triste ulular de un ave nocturna. Las escasas casas que jalonaban el camino, poco más que un sendero, se encontraban distantes entre sí. En uno de los tramos más oscuros, donde el camino viraba al pasar por delante de una hermosa casa de tres plantas con un amplio jardín, había un coche con las ruedas delanteras atascadas en la cuneta. Después de pisar el acelerador repetidas veces para sacar el automóvil de la zanja, el conductor debió de decidir que no valía la pena seguir intentándolo y el motor enmudeció.

Pasaron unos minutos antes de que el conductor bajara del vehículo. Era un hombre fornido, de cabello rubio rojizo, de unos treinta y cinco años de edad. Tenía la piel curtida y llevaba un traje de tweed grueso, un abrigo oscuro y sombrero. Valiéndose de una linterna, empezó a cruzar el jardín hacia la casa y se detuvo a medio camino para estudiar la elegante fachada del edificio del siglo XVIII. Al llegar a las contraventanas, vio que el edificio estaba sumido en la oscuridad. Echó un vistazo al interior. Al no percibir ningún movimiento, dio unos golpes en el cristal. No hubo respuesta. Al cabo de unos instantes probó con el tirador y la contraventana se abrió. El hombre entró en una estancia sumida en la oscuridad.

Una vez dentro, permaneció inmóvil, a la escucha de sonidos o movimientos.

–¿Hola? –llamó–. ¿Hay alguien?

Alumbró la habitación con la linterna y comprobó que se trataba de un estudio bien amueblado con las paredes cubiertas de libros. En el centro de la estancia vislumbró a un hombre atractivo, de mediana edad, sentado en una silla de ruedas frente a los ventanales, con una manta sobre el regazo. Daba la impresión de haberse quedado dormido.

–¡Ah, hola! –dijo el intruso–. No pretendía asustarle, lo siento. Es esta endiablada niebla. He acabado con el coche en la cuneta y no tengo la menor idea de dónde me encuentro. ¡Ah! Perdone, he dejado la puerta abierta. –Se volvió hacia la cristalera, la cerró y corrió las cortinas–. Supongo que me desvié de la carretera general en algún momento –explicó–, hace más de una hora que circulo por estos caminos llenos de curvas.

No hubo respuesta.

–¿Está dormido? –preguntó el intruso, e iluminó la cara del hombre con la linterna.

El hombre no abrió los ojos ni se movió. Cuando el intruso le tocó el hombro para despertarle, el cuerpo se derrumbó.

–¡Santo Dios! –exclamó el hombre de la linterna.

Permaneció un momento inmóvil, indeciso, sin saber qué hacer. Iluminó la habitación de nuevo y descubrió un interruptor de la luz junto a la puerta. Cruzó la estancia para encenderlo. Se iluminó la lámpara de un escritorio.

Dejó la linterna sobre la mesa y, sin apartar la vista de la silla de ruedas, la rodeó. Vio una segunda puerta con otro interruptor, lo encendió y se iluminaron dos lámparas en dos mesas situadas de forma estratégica. Luego, se acercó hacia el hombre de la silla de ruedas, pero se sobresaltó al ver a una atractiva joven de unos treinta años, con un vestido de cóctel y chaqueta a juego, de pie junto a una estantería en un vano del estudio. Los brazos le colgaban inertes a ambos lados del cuerpo. No se movió ni habló. Parecía incluso como si intentara no respirar. Hubo un instante de silencio en el que se estudiaron mutuamente. Entonces, el hombre habló:

–¡Está... muerto! –exclamó.

Sin la menor expresión en el rostro, la mujer respondió:

–Sí.

–¿Lo sabía ya?

–Sí.

El hombre se aproximó al cadáver en la silla de ruedas.

–Le han disparado en la cabeza. ¿Quién...? –Enmudeció cuando la mujer reveló la mano derecha, hasta entonces oculta entre los pliegues de su vestido. Llevaba una pistola. El hombre contuvo el aliento. Cuando dedujo que no le estaba amenazando con el arma, se acercó y, con suavidad, le cogió la pistola–. ¿Le ha disparado? –preguntó.

–Sí –respondió la mujer al cabo de unos segundos.

El hombre se alejó y depositó el arma sobre una mesa junto a la silla de ruedas, contempló el cadáver unos instantes y echó un vistazo alrededor.

–El teléfono está allí –dijo la mujer, señalando el escritorio con la cabeza.

–¿El teléfono? –repitió el hombre. Parecía sorprendido.

–Por si quiere llamar a la policía –repuso la mujer con el mismo tono distante.

El hombre la miró con desconcierto.

–Unos minutos más o menos no cambian nada –comentó–. De todos modos, no les será fácil llegar hasta aquí con esta niebla; antes quisiera saber algo más... –Se interrumpió y observó el cadáver–: ¿Quién es?

–Mi marido –respondió ella–. Se llama Richard Warwick. Yo soy Laura Warwick.

–Vaya... ¿No será mejor que se siente?

Laura Warwick se dirigió con lentitud vacilante al extremo de un sofá.

El hombre preguntó:

–¿Puedo ofrecerle algo de beber..., alguna otra cosa? Debe de haber sido un *shock* para usted.

–¿Disparar a mi marido? –repuso con tono irónico.

El hombre recuperó la compostura e intentó seguirle:

–Sí, supongo que sí. ¿O es que se trataba de un juego?

–Sí, era un juego –respondió ella impertérrita. El hombre frunció el entrecejo con expresión perpleja–. De todos modos, aceptaré esa bebida.

El hombre sirvió un coñac de la licorera situada en

la mesa, junto a la silla de ruedas. Se lo ofreció a la mujer, que bebió. Pasados unos minutos preguntó:

–Bien, ¿qué le parece si me lo cuenta todo?

Laura Warwick lo miró.

–¿No sería mejor que llamara a la policía?

–Cada cosa a su tiempo. No pasa nada si tenemos una pequeña charla antes, ¿verdad?

Se sacó los guantes, los metió en el bolsillo de la chaqueta y empezó a desabrocharse el abrigo.

Laura Warwick empezó a perder la compostura:

–Yo no... ¿Quién es usted?... ¿Por qué ha venido aquí esta noche? ¡Por el amor de Dios! ¡Dígame quién es usted!

2

–Muy bien –respondió el hombre. Se mesó los cabellos y contempló la habitación como si se preguntara por dónde o cómo empezar–. Me llamo Michael Starkwedder, desde luego un apellido inusual. Soy ingeniero, trabajo para la compañía Anglo-Iranian y acabo de regresar del golfo Pérsico. –Hizo una pausa como si estuviera recordando Oriente Medio o, quizá, intentando decidir hasta qué punto era necesario entrar en detalles. Se encogió de hombros–. Hace unos días que estoy aquí en Gales, visitando viejos lugares. La familia de mi madre era de esta parte del mundo y me estaba planteando la posibilidad de comprarme una casita.

Sacudió la cabeza y sonrió.

–Llevaba dos horas dando vueltas por estos enrevesados caminos del sur de Gales cuando el coche se atascó en una cuneta. A mi alrededor no había más que una niebla espesa, pero caminé a tientas hasta la casa con la esperanza de encontrar un teléfono o incluso, con suerte, cobijo para esta noche. La puerta de la ventana no estaba cerrada, así que entré y de repente me encontré con... –Hizo un gesto hacia el cadáver en la silla de ruedas.

Laura Warwick le miró con ojos inexpresivos.

–Llamó a la puerta varias veces –murmuró.

–Sí, pero no contestó nadie.

Laura contuvo el aliento.

–No, no respondí –susurró.

Él la miró, como si intentara formarse una opinión sobre ella. Dio un paso hacia el cadáver y después se volvió hacia la mujer.

–Como iba diciendo, la contraventana no estaba cerrada, así que entré.

Laura bajó la mirada hacia la copa de coñac. Habló como si citara un texto:

–La puerta se abre, y entra la visita inesperada. –Tembló ligeramente–. De niña siempre me había asustado ese dicho, «la visita inesperada». –Echó la cabeza hacia atrás, miró a su visita inesperada y de pronto exclamó–: ¿Por qué no llama a la policía y acabamos con esto de una vez?

Starkwedder se acercó al cadáver.

–Todavía no –respondió–. Dentro de un momento, quizá. ¿No me quiere decir por qué le disparó?

La voz de Laura volvió a adoptar un tono irónico al responder:

–Podría darle muy buenas razones para ello: en primer lugar, bebía en exceso. Por otro lado, era muy cruel, insoportablemente cruel. Le odiaba desde hace años. –Al ver que Starkwedder la miraba con severidad, dijo–: ¿Qué esperaba que le dijera?

–¿Hacía años que le odiaba? –murmuró él. Se acercó al cadáver con lentitud–. Pero algo especial sucedió esta noche, ¿verdad?

–Tiene razón. Sí, algo muy especial sucedió esta noche, así que cogí la pistola y..., y le disparé. Tan simple como eso. –Lanzó una mirada a Starkwedder antes de continuar–. Pero ¿de qué sirve hablar de ello? Al fin y al cabo, lo único que podrá hacer es llamar a la policía, no tengo escapatoria.

Starkwedder la contempló.

–No es tan fácil como usted cree –observó.

–¿Por qué no?

Él se acercó a ella mientras le hablaba de forma pausada:

–No es tan fácil hacer lo que usted me está instando a hacer. Es una mujer, una mujer muy atractiva.

Laura le miró fijamente.

–¿Supone eso alguna diferencia? –preguntó.

Él respondió con ligereza:

–En teoría no, pero en la práctica sí.

Se quitó el abrigo, lo depositó sobre el sillón y se situó de nuevo frente al cuerpo de Richard Warwick.

–¡Ah! Así que estamos hablando de caballerosidad –comentó Laura con indiferencia.

–Llámelo curiosidad, si prefiere. Quisiera saber qué ha sucedido aquí.

Laura guardó silencio un instante antes de responder:

–Ya se lo he dicho.

Starkwedder comenzó a caminar alrededor de la silla de ruedas sin apartar la vista del cadáver. Parecía fascinado.

–Me ha contado los hechos desnudos, tal vez –admitió–. Pero nada más que eso.

–También le he proporcionado un móvil –repuso Laura–. No hay nada más que contar. De todos modos, ¿por qué tendría que creer en mis palabras? Podría inventar lo que me diera la gana. Sólo tiene mi palabra de que Richard era un hombre cruel que bebía y me hacía la vida imposible. Y de que le odiaba.

–Sin duda puedo aceptar esta última afirmación sin más –respondió Starkwedder sin dejar de estudiar el cuerpo–. Después de todo, hay bastantes indicios que dan prueba de ello. –Se volvió a acercar al sofá y miró a Laura–: Pero aún así, ¿no cree que es una solución un poco drástica? Dice que le odiaba desde hace años. ¿Por qué no le dejó? Seguro que hubiera sido más sencillo.

Laura titubeó al responder:

–No... no tengo dinero propio.

–Mi querida señora, si hubiera podido probar que era un hombre cruel, adicto a la bebida y todo lo demás, podría haberse divorciado (o separado) de él y haber obtenido una pensión, o como sea que se llame.

Laura, sin saber qué decir, se levantó y, dándole la espalda, se acercó a la mesa para dejar el vaso.

–¿Tiene hijos? –inquirió Starkwedder.

–No, gracias a Dios –contestó.

–Entonces, ¿por qué no le dejó?

Confusa, Laura se volvió hacia su interlocutor.

–Bueno... ahora heredaré todo el dinero.

–Se equivoca. No van a permitir que se aproveche del resultado de un crimen. ¿O acaso pensaba que...? –Titubeó–. ¿*Qué* es lo que pensaba?

–No sé qué quiere decir.

Starkwedder se sentó en el sillón.

–Usted no es una mujer estúpida –comentó–. Incluso si heredara todo el dinero de su marido, no le serviría de mucho si se pasa el resto de su vida entre rejas. –Se acomodó en el sillón y agregó–: Supongamos que yo no hubiera venido esta noche. ¿Qué hubiera hecho?

–¿Acaso importa?

–Quizá no, pero me interesa. ¿Cuál hubiese sido su versión de los hechos si yo no hubiera llegado y le hubiera pillado con las manos en la masa? ¿Hubiera alegado que había sido un accidente? ¿Un suicidio?

–No lo sé. –Laura parecía desesperada; cruzó la estancia en dirección al sofá y se sentó sin mirar a Starkwedder–. No tengo ni idea. Lo cierto es que... que no he tenido tiempo de pensarlo.

–No, quizá no... pero no creo que se tratara de un acto premeditado, sino que actuó por impulso. –Se levantó del sillón y se acercó a la pared–. De hecho, creo que se debió a algo que dijo su marido. ¿Qué fue?

–No importa –respondió Laura.

–¿Qué dijo? ¿Qué fue lo que dijo?

Laura le miró sin pestañear.

–Eso es algo que no revelaré jamás a nadie.

Starkwedder regresó al sofá y se colocó detrás de ella.

–Se lo preguntarán en el juicio –dijo.

–No contestaré. No pueden obligarme.

–Pero su abogado tendrá que saberlo –replicó él–. Quizás eso suponga una gran diferencia para usted.

Laura se volvió hacia él.

–¿Es que no lo entiende? No tengo ninguna esperanza, estoy preparada para lo peor.

–¿Por qué? ¿Sólo porque entré por esa ventana? Si no lo hubiera hecho...

–¡Pero lo hizo!

–Sí, lo hice, y por ello usted va a cargar con el muerto. ¿Es eso lo que piensa?

Laura no respondió. Él se acercó a un extremo del sofá y sacó un paquete de cigarrillos.

–Tenga –dijo mientras le ofrecía un cigarrillo y cogía otro para sí–. Bien, ahora vamos a retroceder un poco en el tiempo. Hacía años que usted odiaba a su marido, y esta noche dijo algo que colmó su paciencia, así que cogió la pistola... –Se detuvo en seco, se incorporó y se dirigió a la mesa que se encontraba junto a la silla de ruedas y contempló la pistola–. Por cierto, ¿qué hacía aquí sentado con una pistola al lado? No es algo muy normal.

–Ah, eso. Es que solía disparar a los gatos.

Starkwedder la miró con expresión de sorpresa.

–¿A los gatos?

–Bien, supongo que tendré que contarle algunas cosas –repuso Laura con resignación.

3

Starkwedder la miró confundido.

–¿Y bien? –la instó.

Laura respiró hondo y, con la mirada al frente, comenzó a hablar:

–A Richard le gustaba la caza mayor, así es como nos conocimos, en Kenia. Por entonces era diferente, o quizás es que mostraba sus virtudes y no sus defectos. Tenía buenas cualidades, ¿sabe?, era generoso y valiente. Muy valiente; resultaba muy atractivo para las mujeres.

Alzó la vista, como si viese a Starkwedder por primera vez, y él, devolviéndole la mirada, le encendió el cigarrillo y luego se encendió el suyo.

–Prosiga –pidió.

–Nos casamos poco después de conocernos –continuó ella–, pero dos años más tarde sufrió un accidente terrible: le atacó un león. Tuvo suerte de salir con vida, pero desde entonces fue un semiinválido, no podía caminar bien.

Se inclinó hacia atrás, tenía aspecto más relajado.

Starkwedder se sentó en un escabel delante de ella.

Laura dio una calada al cigarrillo y luego exhaló el humo.

–Dicen que las desgracias mejoran el carácter, pero

no fue así en el caso de Richard. En lugar de ello, se acentuaron todos sus defectos: el rencor, una vena sádica, la bebida... Hacía la vida imposible a todos los habitantes de la casa, pero se lo permitíamos porque, ya sabe, todos decían «pobre Richard, es tan triste ser un inválido». No deberíamos haberlo aguantado, por supuesto, ahora soy consciente de ello. Lo único que conseguimos con eso fue animarle a pensar que podía hacer lo que quisiera.

Laura se incorporó y se acercó a la mesa junto al sofá para tirar la ceniza en el cenicero.

–Lo que más le gustaba era la caza. Desde que nos mudamos a esta casa, se sentaba aquí cada noche cuando todos dormían y Angell, su mayordomo y factótum, supongo que podríamos llamarle así, le traía el coñac y una de sus pistolas. Después, ordenaba abrir los ventanales y se sentaba aquí, al acecho del brillo de los ojos de un gato, de un conejo o incluso de un perro. Claro que últimamente no había muchos conejos, con la epidemia esa... ¿cómo se llama?, miximatosis, o algo así. Pero sí mataba bastantes gatos. –Dio otra calada al cigarrillo–. También les disparaba durante el día... y a los pájaros.

–¿No se quejaban los vecinos?

–Por supuesto –replicó Laura mientras se sentaba de nuevo en el sofá–. Sólo hace un par de años que estamos aquí. Antes vivíamos en Norfolk, donde entre las víctimas de Richard hubo dos o tres animales domésticos y recibimos muchas quejas. Por eso nos mudamos aquí, porque es una casa aislada y sólo tenemos un vecino en varios kilómetros a la redonda. Por otro lado, abundan las ardillas, los pájaros y los gatos abandonados.

Hizo una pausa y luego prosiguió:

–En realidad, el problema en Norfolk se debió a una mujer que vino un día a casa a recolectar dinero para la fiesta del pueblo. Cuando se marchó calle abajo, Richard comenzó a disparar a diestro y siniestro y, según nos explicó después entre carcajadas, la mujer «se asustó como un cervatillo». Dijo que el trasero le temblaba como una gelatina. La mujer acudió a la policía y se produjo un revuelo.

–Ya lo imagino –replicó Starkwedder lacónico.

–No obstante, Richard salió airoso. Tenía el permiso en regla de todas sus armas, como era de esperar, y además aseguró a la policía que sólo las utilizaba para cazar conejos. Justificó las quejas de la señorita Butterfield aduciendo que era una solterona que se imaginaba cosas, juró que jamás se le hubiera ocurrido dispararle. Richard era una persona muy convincente, y no tuvo problema en conseguir que la policía le creyera.

Starkwedder se levantó del escabel y se acercó al cadáver.

–Al parecer, su marido poseía un sentido del humor bastante perverso –comentó con acritud mientras echaba un vistazo a la mesa junto a la silla de ruedas–. Así pues, tener una pistola a su lado era su rutina nocturna; pero no es posible que esperara cazar algo esta noche, al menos con esta niebla.

–Siempre pedía que le pusieran una pistola allí –comentó Laura–. Todas las noches, era como un niño con su juguete. A veces disparaba a la pared y hacía dibujos. Allí, fíjese –dijo señalando los ventanales–. A la izquierda, detrás de la cortina.

Starkwedder levantó la cortina de la izquierda y vio un dibujo de agujeros de bala en el marco.

–Dios santo, marcó sus iniciales «R.W.» en la pared con agujeros de bala. Increíble. –Dejó caer la cortina y regresó junto a Laura–. Debo admitir que tenía muy buena puntería. Debía de ser terrible vivir con él.

–Lo era –repuso Laura–. Pero ¿es necesario que continuemos hablando de todo esto? No hacemos más que postergar lo inevitable. Tiene que llamar a la policía, no hay otra opción. ¿No ve que sería más clemente por su parte hacerlo de una vez? ¿O es que quiere que lo haga yo? ¿Es eso? Pues bien, lo haré.

Se acercó al teléfono, pero Starkwedder le sujetó la mano en el momento en que levantaba el auricular.

–Primero tenemos que hablar –le dijo.

–Ya hemos hablado. De todos modos, no hay nada de que hablar.

–Sí que lo hay. Quizá sea estúpido por mi parte, pero tenemos que encontrar una salida.

–¿Una salida? ¿Para mí? –repuso Laura incrédula.

–Sí, para usted. –Él se alejó unos pasos y luego se volvió hacia ella–. ¿Es usted valiente? ¿Sería capaz de mentir si fuera necesario? ¿Mentir de forma convincente?

Laura le miró.

–Está loco –dijo.

–Probablemente –convino él.

Ella sacudió la cabeza, perpleja.

–No sabe lo que está haciendo –dijo.

–Sé muy bien lo que estoy haciendo –replicó Starkwedder–. Me estoy convirtiendo en su cómplice.

–Pero ¿por qué? ¿Por qué?

Starkwedder la observó un instante antes de responder.

–Sí, ¿por qué? –repitió–. Por una razón muy simple, supongo. Es usted una mujer muy atractiva y me horroriza la idea de que pase los mejores años de su vida entre rejas. Es tan duro como estar colgado de una soga y no morir. Además, la situación no parece muy prometedora para usted. Su marido era un inválido, por lo que cualquier alegato de provocación por su parte se basaría sólo en su palabra, y, como no parece muy dispuesta a darla, no creo que un jurado la absuelva.

Laura le miró.

–Usted no me conoce –dijo–. Quizá sea mentira todo lo que le he dicho.

–Quizá –concedió él con tono alegre–. Y quizá yo sea un idiota, pero la creo.

Laura se sentó en el escabel, de espaldas a él. Ninguno de los dos habló durante unos minutos. Después, se volvió hacia él; sus ojos brillaban con renovada esperanza. Le miró inquisitiva y asintió levemente.

–Sí –dijo–. Puedo mentir si es necesario.

–Bien. Ahora dígame –se acercó a la mesa junto a la silla de ruedas y echó la ceniza en el cenicero–, ¿quién hay en esta casa? ¿Quién vive aquí?

–Está la madre de Richard. Y está Benny... la señorita Bennett, una mezcla de ama de llaves y secretaria. Una ex enfermera. Hace años que está con nosotros y siente devoción por Richard. Después está Angell, ya lo he mencionado antes, creo. Podríamos decir que es el enfermero y el mayordomo. Suele cuidar de Richard.

Starkwedder se sentó sobre un brazo del sofá.

–¿Vive algún sirviente en la casa?

–No, ninguno se queda a dormir, todos vienen durante el día. Y También esta Jan, claro.

–¿Jan? ¿Quién es Jan?

Laura le miró con recelo antes de responder. Después, con cierta reticencia, explicó:

–Es el medio hermano pequeño de Richard. Él... él vive con nosotros.

Starkwedder se acercó al escabel donde estaba Laura.

–Cuéntemelo todo –insistió–. ¿Qué es lo que no quiere decirme de Jan?

Laura titubeó un momento.

–Jan es un encanto –dijo–, es muy cariñoso, pero no es como las demás personas. Es... es lo que llaman un retrasado.

–Entiendo –murmuró Starkwedder comprensivo–. Pero usted le aprecia mucho, ¿no es así?

–Sí –admitió Laura–. Le aprecio mucho, ésa es la verdadera razón por la que no podía abandonar a Richard. Por Jan. Si Richard se hubiera salido con la suya, hubiera enviado a Jan a un manicomio.

Starkwedder dio una vuelta alrededor de la silla de ruedas, mientras observaba pensativo el cuerpo de Richard Warwick.

–Ya veo –murmuró–. ¿Con eso la amenazaba? ¿Que si le dejaba enviaría al chico a un manicomio?

–Sí –respondió ella–. Si yo hubiera creído que podía ganar lo suficiente para mantener a Jan y a mí misma... pero no sabía cómo. Además, claro está, Richard era el tutor legal de Jan.

–¿Era Richard amable con él? –preguntó Starkwedder.

–A veces –respondió.

–¿Y las otras veces?

–A menudo le decía que iba a mandarlo fuera. Le

decía: «Serán muy amables contigo, te cuidarán bien. Además, estoy seguro de que Laura te visitará una o dos veces al año». Jan se ponía muy nervioso y empezaba a tartamudear, rogándole que no lo hiciera. Al final, Richard se echaba atrás en la silla y reía a carcajadas.

–Comprendo –comentó Starkwedder mientras observaba a la mujer. Tras una pausa, repitió pensativo–: Comprendo.

Laura se incorporó y se acercó a la mesa que estaba junto al sillón para apagar el cigarrillo.

–No tiene por qué creerme –exclamó–. No tiene por qué creer ni una palabra de lo que le digo, quizá me lo esté inventando todo.

–Ya le he dicho que correría ese riesgo –replicó Starkwedder mientras se sentaba de nuevo en el brazo del sofá–. Bien, ¿y qué clase de mujer es Benny? ¿Es astuta? ¿Lista?

–Es muy eficiente y competente.

Starkwedder chasqueó los dedos.

–Explíqueme una cosa –dijo–. ¿Cómo es posible que nadie en la casa haya oído el disparo?

–Bueno, la madre de Richard es bastante mayor y está algo sorda. La habitación de Benny se encuentra en el otro lado de la casa, y el dormitorio de Angell está bastante alejado, separado por una puerta de doble paño. Jan duerme en el dormitorio, encima de esta habitación, pero siempre se acuesta temprano y tiene un sueño muy profundo.

–Todo muy conveniente –comentó Starkwedder.

–¿Qué sugiere? ¿Que hagamos que parezca un suicidio?

Starkwedder volvió a contemplar el cadáver.

–No –respondió sacudiendo la cabeza–. Me temo que no hay posibilidad de que fuera un suicidio. –Se acercó a la silla de ruedas y estudió a Richard Warwick antes de preguntar–: Supongo que era diestro, ¿no?

–Sí.

–Me lo temía. En ese caso, no pudo haberse disparado a sí mismo desde este ángulo –dijo, mientras señalaba la sien izquierda de Warwick–. Además, no hay rastros de quemadura. –Permaneció pensativo unos segundos y agregó–: No, la pistola tuvo que ser disparada desde cierta distancia. El suicidio queda descartado. –Calló de nuevo antes de continuar–. Pero existe la posibilidad del accidente, claro.

Tras un silencio, Starkwedder comenzó a explicar lo que tenía en mente:

–Digamos, por ejemplo, que yo llegué esta noche, tal como ocurrió en realidad, y que tropecé y entré de golpe por la contraventana. –Se acercó a los ventanales y fingió entrar de un tropiezo–. Richard pensó que era un ladrón y me disparó a ciegas. Por lo que me ha explicado de sus costumbres, sería algo muy plausible. Entonces yo me acerqué a él –se dirigió deprisa al cuerpo inerte en la silla de ruedas– y le quité la pistola.

Laura le interrumpió.

–Y el arma se disparó durante el forcejeo, ¿no es cierto?

–Sí –convino él, pero se corrigió–: No, eso no sirve. Como ya he dicho, la policía se dará cuenta enseguida de que el arma no fue disparada desde tan cerca. –Se detuvo a pensar y luego continuó–: Digamos que le quité el arma... –Sacudió la cabeza y dejó caer los brazos en un gesto de frustración–. No, eso no sirve. Si ya le había quitado el arma, ¿por qué tenía que matarle? No es fácil –suspiró–. Bueno, vamos a considerarlo un asesinato, un simple y llano asesinato. Pero tiene que ser un asesinato cometido por una persona o personas desconocidas.

Se acercó a la ventana, apartó la cortina y miró hacia afuera como si buscara inspiración.

–¿Un ladrón, quizá? –sugirió Laura.

Starkwedder permaneció pensativo un instante y dijo:

–Bueno, supongo que podría ser un ladrón, pero es un poco artificial. –Vaciló, calló y luego añadió–: ¿Qué tal si fuera un enemigo? Suena un poco melodramático, pero, por lo que me ha contado, su marido parece el tipo de persona que tiene enemigos. ¿Me equivoco?

–Supongo que no –respondió Laura con cautela–. Supongo que Richard tenía enemigos, pero...

–Ahora no importan los peros –la interrumpió Starkwedder, mientras apagaba el cigarrillo en el cenicero de la mesa junto a la silla de ruedas y se acercaba al sofá–. Cuénteme todo sobre los enemigos de Richard. El número uno sería, supongo, la señorita del trasero de gelatina, la mujer a la que disparó. Aunque, de todos modos, no es probable que sea una asesina; seguro que sigue viviendo en Norfolk, así que es difícil pensar que viniese a Gales para acabar con Richard. –Se sentó en un extremo del sofá–. ¿Quién podría tener algo contra él?

Laura parecía dubitativa. Comenzó a caminar y a desabrocharse la chaqueta.

–Bueno –dijo–, había un jardinero, hace cosa de un año... Richard le despidió y se negó a darle una recomendación. El hombre no se lo tomó muy bien y le amenazó.

–¿Quién era? ¿Un hombre de la zona? –preguntó Starkwedder.

–Sí. Era de Llanfechan. Está a unos seis kilómetros.

Una vez desabrochada la chaqueta, se la quitó y la depositó sobre el brazo del sofá.

Starkwedder frunció el entrecejo.

–No me convence el jardinero –dijo–. Apuesto a que tiene una buena coartada, que estaba en casa y, si no la tiene, o si sólo puede corroborarla su mujer, quizás el pobre hombre acabe en prisión por un crimen que no ha cometido. No, no nos sirve. Lo que necesitamos es un enemigo del pasado, alguien que no resulte fácil de rastrear.

Laura se paseaba alrededor del sofá intentado pensar mientras Starkwedder hablaba.

–¿Y alguien que conociera Richard en sus tiempos de cazador de tigres y leones? ¿Alguna persona de Kenia, de Sudáfrica o de la India? De algún lugar que la policía no pueda investigar con facilidad.

–Si pudiera pensar en alguien... –respondió Laura con desesperación–. Si pudiera recordar alguna de esas historias que me contaba Richard...

–Tampoco disponemos de ninguna prueba a mano –masculló Starkwedder–. Ya sabe, un turbante sij, un cuchillo Mao Mao o una flecha envenenada. –Starkwedder se llevó las manos a la frente, intentando concentrarse–. ¡Maldita sea! Lo que queremos es una persona con un motivo, alguien al que Richard humillara. –Se acercó a Laura y le instó–: ¡Piense! ¡Vamos! ¡Piense!

–No... no puedo pensar –respondió ella con voz quebrada por la frustración.

–Me ha explicado qué tipo de hombre era su marido, seguro que hubo algún incidente, alguna persona... ¡Dios santo! Tiene que haber alguien.

Laura caminaba por la estancia desesperada tratando de pensar en algo.

–Alguien que le amenazara, que le amenazara con razón –la animó Starkwedder.

Laura se volvió hacia él.

–Sí, hubo alguien, acabo de acordarme.... Un hombre. Richard atropelló a su hijo.

4

Starkwedder miró a Laura.

–¿Richard atropelló a un niño? –preguntó exaltado–. ¿Cuándo ocurrió?

–Hace unos dos años, cuando vivíamos en Norfolk. El padre de la criatura le amenazó varias veces.

Él se sentó en el escabel.

–Bien, ésa podría ser una posibilidad. Explíqueme todo lo que recuerde sobre el caso.

Laura caviló unos instantes antes de hablar.

–Richard volvía a casa desde Cromer –dijo–. Había bebido mucho, cosa habitual en él. Atravesó un pequeño pueblo a cien kilómetros por hora; haciendo eses, aparentemente. El niño salió corriendo a la carretera desde una fonda. Richard lo atropelló y el crío murió al instante.

–¿Su marido podía conducir, a pesar de su discapacidad? –preguntó Starkwedder.

–Sí, podía. Tuvieron que construir un coche especial, con los mandos a su alcance, pero sí, podía conducir ese vehículo.

–Ya –dijo–. ¿Qué pasó con lo del niño? La policía pudo haberle arrestado por homicidio.

–Hubo una investigación, por supuesto –explicó Laura, y su voz se tiñó de una nota amarga al añadir–, pero Richard fue eximido de toda culpa.

–¿Hubo algún testigo?

–Bueno, estaba el padre de la criatura, que lo vio todo, y también una enfermera (la enfermera Warburton), que acompañaba a Richard en el coche. Tuvo que declarar, pero según ella Richard no conducía a más de cincuenta kilómetros por hora y, además, sólo había bebido una copita de jerez. Según su versión, el accidente fue inevitable: el niño se había lanzado a toda carrera contra el coche. La creyeron a ella, no al padre del crío, que dijo que Richard conducía de forma temeraria y a gran velocidad. Tengo entendido que el pobre hombre no ocultó su rabia al expresar sus sentimientos. –Laura se trasladó al sillón y añadió–: Cualquiera habría creído a la enfermera Warburton; era la viva imagen de la honestidad, la verdad, la moderación y todas esas cosas.

–¿No iba usted en el coche con ellos? –preguntó Starkwedder.

–No. Yo estaba en casa.

–Entonces, ¿cómo sabe que lo que dijo esa enfermera no es verdad?

Laura se sentó en la butaca.

–Oh, Richard hablaba del asunto con la mayor tranquilidad del mundo –dijo con tono amargo–. Recuerdo cuando volvieron del interrogatorio. Dijo: «Bravo, Warbie, menuda actuación. Seguramente me has librado de una buena condena». A lo que ella respondió: «No merece haberse librado, señor Warwick. Usted sabe que conducía muy rápido, lo de ese pobre niño es terrible». Pero Richard respondió: «¡Olvídese de ello! Ya la he compensado lo suficiente. De todos modos, qué más da un mocoso más o menos en este mundo superpoblado; de buena se ha librado. Le aseguro que no tendré problemas para conciliar el sueño».

Starkwedder se levantó del escabel y, mirando por encima del hombro el cadáver de Richard Warwick, dijo con tono severo:

–Cuanto más oigo hablar de su marido, más dispuesto estoy a creer que lo que ocurrió esta noche fue un homicidio justificado más que un asesinato. –Se acercó a Laura y continuó–: Ahora bien. Ese hombre cuyo hijo fue atropellado , ¿cómo se llama?

–Tenía un apellido escocés, me parece –respondió Laura–. Mac, Mac algo. ¿McLeod? ¿McCrae? No lo recuerdo.

–Intente recordarlo. ¿Vive aún en Norfolk?

–No, no –dijo Laura–. Sólo estaba aquí de visita. Para ver a los parientes de su mujer, creo. Era de Canadá, si no recuerdo mal.

–Canadá... eso sí está lejos –observó Starkwedder–. Tomaría tiempo encontrarle. Sí –dijo, situándose detrás del sofá–, creo que tiene posibilidades. Pero, por Dios, intente recordar su nombre. –Se dirigió hacia su abrigo, sacó sus guantes de un bolsillo y se los puso. A continuación, echando un vistazo alrededor, preguntó–: ¿Hay algún periódico por aquí?

–¿Periódico? –repitió Laura sorprendida.

–Uno que no sea de hoy. De ayer o anteayer sería mejor.

Laura se encaminó a una alacena situada detrás de la butaca.

–Aquí hay algunos viejos. Los guardamos para encender la chimenea.

Starkwedder abrió la alacena y sacó un diario. Después de revisar la fecha, anunció:

–Éste servirá.

Cerró la puerta de la alacena, llevó el periódico al escritorio y de un cajón sacó unas tijeras.

–¿Qué piensa hacer? –inquirió Laura.

–Vamos a crear algunas pruebas.

Abrió y cerró las tijeras a modo de demostración.

Ella le miró confundida.

–Pero suponga que la policía logra encontrar a ese hombre. ¿Qué pasaría entonces?

Él le sonrió.

–Si aún vive en Canadá, les tomará su tiempo. Y, cuando le encuentren, sin duda tendrá una coartada para esta noche; el encontrarse a varios miles de kilómetros de distancia será más que suficiente y, para entonces, ya será un poco tarde para investigar las cosas por aquí. De todos modos, no podemos hacer mucho más, pero al menos nos dará un respiro.

Laura parecía preocupada.

–No me gusta –dijo.

Starkwedder la miró.

–Mi querida joven, no puede permitirse el lujo de escoger. Lo que tiene que hacer es recordar el nombre de ese hombre.

–No lo consigo –insistió ella.

–¿McDougall, tal vez? ¿O Mackintosh? –sugirió.

Ella se apartó de él llevándose las manos a los oídos.

–¡Basta! –exclamó–. No hace más que empeorarlo. Ya ni siquiera estoy segura de que fuera Mac algo.

–Bueno, si no puede recordarlo, no puede –concedió Starkwedder–. Tendremos que arreglárnoslas sin el nombre. ¿No recuerda la fecha, por casualidad, o algún otro dato que pudiera ser útil?

–Sí, la fecha sí. Fue el 15 de mayo.

Sorprendido, Starkwedder preguntó:

–Muy bien, y, ¿cómo diablos se acuerda de eso?

Ella respondió con tono amargo:

–Porque ocurrió el día de mi cumpleaños.

–Ya... Bien, con eso resolvemos un pequeño problema. Además, parece que hemos tenido suerte. Este periódico es del 15. –Recortó la fecha.

Acercándose a la mesa, Laura señaló que la fecha del periódico era del 15 de noviembre, no de mayo.

–Sí –admitió él–, pero son los números lo que más cuenta. Ahora, mayo. Mayo es una palabra corta. Aquí hay una M. Ahora una A, una Y y una O.

–¿Qué diablos está haciendo?

Por toda respuesta, mientras se sentaba en la silla del escritorio, él dijo:

–¿Tiene pegamento?

Laura estaba a punto de coger un pote de pegamento de un casillero, pero él la detuvo.

–No toque nada. No queremos que deje sus huellas. –Starkwedder cogió el pote de pegamento con la mano enguantada y quitó la tapa–. Cómo convertirse en un criminal en un día... –dijo–. Ah, y aquí hay un bloc de papel... de esos que se encuentran en todas partes. –Lo cogió del casillero y procedió a pegar las letras y las palabras en una hoja–. Ahora, mire esto. Uno, dos... tres. Es un poco engorroso con los guantes, pero aquí lo tiene. «15 de mayo. Cuenta saldada.» Vaya, la palabra «cuenta» se ha despegado. –Volvió a pegarla–. Ya está. ¿Qué le parece?

Arrancó la hoja del bloc y se la enseñó, después se levantó y se acercó al cadáver de Richard Warwick en la silla de ruedas.

–Lo meteremos en el bolsillo de su chaqueta. –Mientras lo hacía, un encendedor cayó al suelo–. ¿Qué es esto?

Laura emitió un lamento e intentó coger el encendedor, pero Starkwedder ya lo había hecho y lo estaba examinando.

–Démelo –exclamó ella sin aliento–. ¡Démelo!

Sorprendido, Starkwedder se lo dio.

–Es... es mi encendedor –explicó ella sin que viniera a cuento.

–Muy bien, de modo que es su encendedor. No es motivo para alterarse así. –La contempló–. No estará perdiendo la calma, ¿verdad?

Laura se alejó en dirección al sofá. Por el camino frotó el encendedor contra la falda como para eliminar cualquier huella digital, procurando que Starkwedder no la viera.

–No, por supuesto que no –le aseguró.

Una vez comprobado que el mensaje estaba bien sujeto en el bolsillo superior de la chaqueta, Starkwedder se dirigió al escritorio, tapó el pote de pegamento, se quitó los guantes y extrajo un pañuelo.

–¡Ya está! –anunció–. Listos para el siguiente paso. ¿Dónde está esa copa de la que bebía hasta ahora?

Laura cogió la copa de la mesa donde la había depositado. Dejó el encendedor encima de la mesa, se acercó a Starkwedder, que cogió la copa. Se disponía a borrar las huellas dactilares, pero se detuvo en seco.

–No –murmuró–. No; sería una estupidez.

–¿Por qué? –inquirió Laura.

–Bueno, tiene que haber alguna huella –explicó–, tanto en la copa como en la licorera. Las del asistente, para empezar, y probablemente también las de su marido. Si no las hubiera, la policía sospecharía. –Bebió un sorbo de la copa–. Ahora tengo que encontrar una manera de explicar las mías –añadió–. No es fácil ser un criminal ¿verdad?

–¡Oh, no lo haga! –exclamó ella–. No se involucre en esto. Podrían sospechar de usted.

Con aire divertido, él respondió:

–Soy un tipo bastante respetable, muy por encima de toda sospecha. Además, en cierto sentido, ya estoy involucrado. Mi coche está allí fuera, atascado en el barro. No se preocupe, lo único que podrían presentar en mi contra es un poco de perjurio y unas pequeñas inexactitudes sobre el elemento tiempo, pero no lo harán, si usted desempeña bien su papel.

Asustada, Laura permaneció sentada sobre el escabel, de espaldas a él. Starkwedder se volvió hacia ella.

–¿Y bien? –dijo–. ¿Está lista?

–¿Lista? ¿Para qué? –preguntó Laura.

–Venga, tiene que recuperar la compostura.

–Me siento... estúpida... –murmuró ella–. No... no puedo pensar.

–No tiene que pensar. Sólo tiene que obedecer órdenes. ¿Tiene en casa algún tipo de caldera?

–¿Una caldera? –repitió Laura, y después respondió–: Bueno, está la caldera del agua.

–Magnífico. –Cogió el periódico, recogió los trocitos de papel y se lo entregó a Laura–. Lo primero que hará es ir a la cocina y meter esto en la caldera. Luego subirá, se quitará la ropa y se pondrá una bata, un negligé o lo que sea que utilice. –Hizo una pausa–. ¿Tiene aspirinas?

–Sí –respondió Laura desconcertada.

Como si pensara y planificara al mismo tiempo, Starkwedder continuó:

–Bien, pues arrójelas al váter. Luego vaya donde alguien... su suegra o, cómo se llama, ¿la señorita Bennett?, y diga que tiene jaqueca y que necesita una aspirina. Mientras esté con quienquiera que sea, deje la puerta abierta. Por cierto, oirá un disparo.

–¿Qué disparo? –repuso Laura sin apartar los ojos.

Starkwedder se dirigió a la mesa que estaba junto a la silla de ruedas y cogió la pistola.

–Yo me ocuparé de eso –dijo. Examinó el arma–. Mmm, parece extranjera. Un recuerdo de guerra, ¿no es así?

Laura se levantó del escabel.

–No lo sé –le dijo–. Richard tenía varias pistolas extranjeras.

–Me pregunto si está registrada –dijo Starkwedder como para sí mismo, mientras sostenía la pistola.

Laura se sentó en el sofá.

–Richard tenía licencia, un permiso para las armas de su colección.

–Supongo que sí debía tener uno, pero eso no significa que todas estuviesen registradas a su nombre. Las personas suelen ser bastante descuidadas con estas cosas. ¿Hay alguien que pudiera saberlo con certeza?

–Tal vez Angell. ¿Es importante?

Starkwedder empezó a pasearse por la habitación.

–Bueno, dada la manera en la que estamos construyendo esta historia, lo más probable es que el viejo Mac nosequé (el padre del niño al que atropelló Richard) irrumpiera en el estudio hecho una furia empuñando su propia arma. Pero también podría haber ocurrido a la inversa. Ese hombre entra de repente. Richard, que está medio dormido, coge su pistola, pero el hombre se la quita y dispara. Admito que suena un poco rocambolesco, pero no tenemos muchas opciones; es inevitable correr ciertos riesgos.

Starkwedder depositó el arma sobre la mesa junto a la silla de ruedas.

–Bien, ¿hemos pensado en todo? Espero que sí. Cuando llegue la policía, no se percatará del hecho de que le hayan disparado quince o veinte minutos más temprano. Por esta carretera y con la niebla que hay, tardarán lo suyo. –Se dirigió a la cortina de los ventanales, la levantó y echó un vistazo a los orificios que había en la pared–. «R. W.» Muy bonito, intentaré añadir el punto final.

Starkwedder devolvió la cortina a su lugar, regresó al sofá y se sentó.

–Cuando oiga el disparo –explicó a Laura–, debe mostrarse alarmada y traer aquí abajo a la señorita Bennett y a cualquier otra persona a quien pueda reunir. Su versión es que no sabe nada. Fue a dormir, se despertó con un intenso dolor de cabeza, fue a buscar una aspirina... y eso es todo lo que sabe. ¿Lo comprende?

Ella asintió.

–Muy bien –dijo él–. Yo me ocupo del resto. ¿Se encuentra mejor?

–Creo que sí –susurró Laura.

–Entonces haga lo que tiene que hacer.

Laura vaciló.

–Usted... no tiene por qué hacer esto –dijo–. No tiene que hacerlo, no debería involucrarse.

–No volvamos otra vez a lo mismo. Todos tenemos

nuestra propia manera de... ¿cómo lo diría?, de divertirnos. Usted se ha divertido disparando a su marido y ahora me divierto yo. Digamos que siempre he deseado comprobar cómo me las arreglaría con una historia de detectives en la vida real. –Le dedicó una leve sonrisa tranquilizadora–. Bien, ¿puede hacer lo que le pido?

Laura asintió.

–De acuerdo. Ah, veo que lleva reloj. ¿Qué hora tiene?

Laura le mostró su reloj de pulsera y él ajustó la hora del suyo.

–Poco menos de diez minutos para... Le daré tres... no, cuatro minutos. Cuatro minutos para ir a la cocina, quemar ese periódico en la caldera, subir a la primera planta, cambiarse de ropa e ir a buscar a la señorita Bennett o a quien sea. ¿Podrá hacerlo? –Le sonrió.

Laura asintió.

–Bien. Exactamente a las doce menos cinco oirá un disparo. En marcha.

Ella se dirigió a la puerta, pero de pronto se volvió y le miró, insegura de sí misma. Starkwedder cruzó la habitación para abrirle la puerta.

–No me defraudará, ¿verdad? –preguntó.

–No –respondió ella con un hilo de voz.

–Bien.

Laura se disponía a abandonar la habitación cuando Starkwedder vio su chaqueta en uno de los brazos del sofá. La llamó y se la entregó con una sonrisa. Ella salió de la habitación y él cerró la puerta.

5

Después de cerrar la puerta, Starkwedder repasó mentalmente lo que tenía que hacer. Al cabo de unos instantes, consultó el reloj y extrajo un cigarrillo. Cuando se disponía a coger el encendedor de la mesa, vio una foto de Laura en una de las estanterías. La cogió y la miró y, con una sonrisa, la devolvió a su lugar antes de encender el cigarrillo. Depositó de nuevo el encendedor sobre la mesa y sacó un pañuelo para limpiar todas las huellas que pudiera haber en los brazos del sillón y en el retrato. Después devolvió la silla a su lugar, retiró el cigarrillo de Laura del cenicero, se dirigió a la mesa junto a la silla de ruedas e hizo lo propio con su colilla. A continuación limpió la superficie del escritorio, colocó las tijeras en su lugar y arregló el secante. Echó un vistazo alrededor, en el suelo, en busca de trocitos de papel. Encontró uno cerca del escritorio y lo introdujo en el bolsillo de su pantalón. Pasó el pañuelo por el interruptor de la luz y la silla del escritorio, se acercó a los ventanales, cerró ligeramente las cortinas y con la linterna alumbró el camino del exterior.

Demasiado duro para dejar pisadas, pensó para sí. Colocó la linterna sobre la mesa y cogió la pistola. Luego de comprobar que estuviese cargada, la limpió con el pañuelo, se dirigió al escabel y depositó el arma encima. Después de mirar el reloj de nuevo, se colocó el sombrero, la bufanda y los guantes. Con el abrigo colgado del brazo, se disponía a apagar las luces cuando se acordó de eliminar las huellas del paño y el pomo de la puerta. A continuación apagó las luces, y regresó al escabel mientras se ponía el abrigo. Tomó el arma pero, cuando iba a disparar contra las iniciales de la pared, cayó en la cuenta de que estaban ocultas por la cortina.

¡Maldita sea!, pensó. Cogió la silla del escritorio y la utilizó para correr la cortina y mantenerla sujeta. Regresó a su posición junto al escabel, disparó y se acercó a la pared para examinar el resultado. ¡No está mal!, se congratuló.

Mientras devolvía la silla del escritorio a su posición, Starkwedder oyó voces en el pasillo y se precipitó al exterior por la contraventana llevándose la pistola consigo. Unos instantes después reapareció, cogió la linterna y volvió a salir corriendo.

Cuatro personas acudieron a la biblioteca desde distintas partes de la casa. La madre de Richard Warwick, una anciana alta e imponente, vestía una bata y caminaba con la ayuda de un bastón.

–¿Qué ocurre, Jan? –preguntó al adolescente en pijama con rostro inocente que estaba a su lado–. ¿Qué es todo este jaleo en medio de la noche? –inquirió mientras se les unía una mujer de edad madura y pelo cano con bata de franela–. Benny –ordenó a ésta–, dime qué ocurre.

En ese momento llegó Laura, y la señora Warwick prosiguió:

–¿Habéis perdido la cabeza? Laura, ¿qué pasa? Jan... ¿Me va a decir alguien qué sucede en esta casa?

–Apuesto a que es Richard –dijo el muchacho, que aparentaba unos diecinueve años, aunque su voz y sus maneras eran las de un niño–. Debe de estar disparando contra la niebla otra vez. –Y añadió con cierto tono de irritación–: Decidle que no debería despertarnos así. Estaba profundamente dormido, y también lo estaba Benny. ¿No es verdad, Benny? Ten cuidado, Laura, Richard es peligroso.

–Fuera la niebla es muy espesa –comentó Laura–. He echado un vistazo desde la ventana del rellano y apenas se distingue el camino. No sé a qué le puede estar disparando con esta niebla. Es absurdo. Además, me pareció oír un grito.

La señorita Bennett fue la primera en entrar en la biblioteca. Mujer alerta y activa, como correspondía a una ex enfermera de hospital, habló con tono algo oficioso:

–No veo por qué te has de alterar así, Laura. No es más que Richard, divirtiéndose como de costumbre. Además, yo no he oído ningún disparo. Estoy segura de que no pasa nada, te estás imaginando cosas. Aun así, es un hombre muy egoísta, y se lo diré. Richard. –Llamó al entrar en la habitación–. Richard, ¿sabes qué hora es? ¡Nos has asustado!

Cubierta con una bata, Laura entró en la habitación detrás de la señorita Bennett. Encendió la luz y se acercó al sofá, seguida de Jan. El muchacho miró a la señorita Bennett, que contemplaba a Richard Warwick en su silla de ruedas.

–¿Qué pasa, Benny? –preguntó Jan–. ¿Qué ocurre?

–Es Richard –respondió la ex enfermera con la voz extrañamente serena–. Se ha suicidado.

–¡Mirad! –exclamó el joven Jan señalando la mesa–. Ha desaparecido su pistola.

Se oyó una voz proveniente del jardín:

–¿Hola? ¿Todo bien ahí dentro?

Jan miró por la ventana del vano y gritó:

–¡Hay alguien fuera!

–¿Fuera? –repitió la señorita Bennett–. ¿Quién?

Se disponía a abrir la cortina cuando Starkwedder entró de pronto por la contraventana. La señorita Bennett dio un paso atrás, alarmada, y Starkwedder preguntó con tono apremiante:

–¿Qué ha ocurrido aquí? ¿Qué pasa? –Posó la mirada en Richard Warwick–. ¡Ese hombre está muerto! –exclamó–. Le han disparado. –Miró con actitud desconfiada alrededor, estudiando a los presentes.

–¿Quién es usted? –preguntó la señorita Bennett–. ¿De dónde ha salido?

–Se me ha atascado el coche en la cuneta –respondió él–. Llevo horas perdido, y he subido hasta la casa para pedir ayuda. Oí un disparo, y alguien salió corriendo por la contraventana y ha chocado conmigo. –Exhibiendo una pistola, Starkwedder añadió–: Se le cayó esto.

–¿Hacia adónde iba ese hombre? –preguntó la señorita Bennett.

–¿Cómo diablos voy a saberlo con esta niebla?

Jan permanecía delante del cuerpo de Richard, observándolo.

–Alguien ha matado a Richard –gritó.

–Eso parece –convino Starkwedder–. Convendría que llamasen a la policía. –Dejó la pistola en la mesa, cogió la licorera y se sirvió una copa de coñac–. ¿Quién es?

–Mi esposo –respondió Laura inexpresivamente mientras se sentaba en el sofá.

Con tono de preocupación, Starkwedder se dirigió a ella:

–Beba esto. –Laura levantó la vista hacia él–. Ha sufrido un *shock*. El coñac le sentará bien –añadió enfáticamente. Mientras ella cogía la copa, Starkwedder, de espaldas a los demás, le dedicó una sonrisa de connivencia para llamar su atención sobre la manera en que había resuelto el problema de las huellas dactilares. Alejándose de ella, lanzó su sombrero sobre el sillón y, después, al notar que la señorita Bennett se estaba inclinando sobre el cadáver de Richard Warwick, se volvió rápidamente–. No toque nada, señora –le dijo–. Esto parece un asesinato y, si es así, no debemos tocar nada.

Irguiéndose, la señorita Bennett se apartó del cuerpo con gesto horrorizado.

–¿Un asesinato? –exclamó–. ¡No puede ser!

La señora Warwick, madre del difunto, entró en el estudio, preguntando:

–¿Qué ha ocurrido?

–¡Han matado a Richard! –le dijo Jan.

Parecía más entusiasmado que preocupado.

–Silencio, Jan –ordenó la señorita Bennett.

–¿Qué has dicho? –preguntó la señora Warwick en voz baja.

–Ha dicho que le han asesinado –le informó Benny, señalando a Starkwedder.

–Richard –susurró la señora Warwick, mientras Starkwedder se situaba de espaldas a la contraventana.

Jan se acercó al cadáver y exclamó:

–¡Mirad, tiene algo en el pecho, un papel! Y hay algo escrito.

Estiró el brazo para cogerlo, pero Starkwedder le detuvo:

–No lo toques. Ni se te ocurra tocarlo. –Se inclinó sobre el cuerpo y leyó–: «15 de mayo. Cuenta saldada».

–¡Dios Santo! MacGregor –exclamó la señorita Bennett, situándose detrás del sofá.

Laura se puso de pie. La señora Warwick frunció el entrecejo.

–¿Quieres decir aquel hombre..., el padre del niño que fue atropellado?

–Claro, MacGregor –murmuró Laura para sí misma mientras se sentaba en el sillón.

Jan se acercó al cadáver.

–Mirad, está hecho de recortes de periódicos –dijo ansioso. Extendió el brazo, pero Starkwedder volvió a impedírselo.

–No lo toques –ordenó–. Hay que dejar todo tal cual para la policía. –Se dirigió al teléfono–. ¿Les parece bien si...?

–No –dijo la señora Warwick–. Lo haré yo.

Haciéndose cargo de la situación y armándose de valor, fue hasta el escritorio y empezó a marcar.

Jan se acercó nervioso al escabel y se arrodilló encima.

–El hombre que salió corriendo –preguntó a la señorita Bennett–, ¿crees que...?

–Sssh, Jan –le hizo callar ésta, mientras la señora Warwick hablaba por teléfono con voz tenue y autoritaria:

–¿Es la comisaría? Le llamo de la casa del señor Richard Warwick. El señor Warwick acaba de ser encontrado... muerto. Le han asesinado.

Los demás la escuchaban atentamente.

–No; fue encontrado por un extraño –dijo–. Un hombre cuyo coche se ha averiado cerca de la casa, creo... Sí, se lo diré. Llamaré a la fonda. ¿Podrá llevarlo uno de sus coches cuando hayan terminado aquí?... Muy bien.

Colgando, la señora Warwick anunció:

–La policía estará aquí tan pronto se lo permita la niebla. Mandarán dos coches, uno de los cuales regresará de inmediato para llevar a este caballero –señaló a Starkwedder– a la fonda del pueblo. Quieren que pase la noche allí para hablar con él mañana.

–Bueno, puesto que de todos modos no puedo hacer nada con el coche en la zanja, no tengo inconveniente –repuso Starkwedder.

En ese momento se abrió la puerta que daba al pasillo y un hombre de cuarenta y tantos años, estatura media y cabello negro, entró en la habitación atándose el cordón de la bata. Se detuvo apenas cruzado el umbral.

–¿Ocurre algo, señora? –preguntó a la señora Warwick. Luego, mirando más allá, vio el cuerpo de Richard Warwick–. ¡Dios mío! –exclamó.

–Me temo que se ha producido una horrible tragedia, Angell –respondió la señora Warwick–. Han matado al señor Richard, y la policía está de camino. –Se volvió hacia Starkwedder y dijo–: Éste es Angell, el asistente de Richard.

El asistente respondió con una leve y distraída inclinación de la cabeza.

–Dios mío –repitió, sin dejar de contemplar el cadáver de su difunto patrón.

6

A las once de la mañana siguiente, la biblioteca de Richard Warwick parecía más acogedora que en la brumosa noche anterior, aunque sólo fuera porque el sol brillaba sobre un día despejado y frío, y porque las contraventanas estaban abiertas de par en par. El cadáver de Richard Warwick había sido retirado durante la noche, y su silla de ruedas colocada en el vano. En el lugar que había ocupado hasta entonces había un sillón. La mesita había sido despojada de todo, excepto de la licorera y el cenicero. Un apuesto joven de veintitantos años, de pelo corto, chaqueta de tweed y pantalones azul marino, leía un libro de poemas sentado en la silla de ruedas. Después de unos instantes se puso de pie.

–Hermoso –dijo–. Oportuno y hermoso. –Su voz era suave y melodiosa, con un pronunciado acento galés.

Cerró el libro y lo devolvió a su lugar en las estanterías. A continuación, después de observar la habitación durante un par de minutos, salió a la terraza. Casi de inmediato, un hombre de edad madura, complexión robusta y mirada impasible, que llevaba un maletín en la mano, entró en la habitación desde el pasillo. Avanzó hasta el sillón que miraba a la terraza, dejó el maletín encima y dirigió la vista al exterior.

–¡Sargento Cadwallader! –llamó.

El joven volvió a la habitación.

–Buenos días, inspector Thomas –dijo, y luego recitó–: «Estaciones de nieblas y dulces frutos, amigo inseparable del ascendente sol».

El inspector, que había empezado a desabotonarse el abrigo, se detuvo y miró al joven sargento.

–¿Perdón? –dijo.

–Es Keats –le informó el sargento, con cierto aire de suficiencia.

El inspector le dedicó una mirada hosca, luego se encogió de hombros, se quitó el abrigo, lo colocó sobre la silla de ruedas y volvió a buscar su maletín.

–Parece mentira que haga un día tan bonito –dijo el sargento Cadwallader–. Cuando uno piensa en lo que nos costó llegar hasta aquí anoche. La peor neblina que he visto en años. «La amarilla niebla que frota su espalda contra la ventana.» T. S. Eliot. –Esperó que el inspector reaccionara ante su cita, pero no hubo respuesta, de modo que continuó–: No me sorprende que haya habido tantos accidentes en la carretera de Cardiff.

–Podría haber sido peor –comentó el inspector.

–Yo no estaría tan seguro –repuso el sargento–. El de Porthcawl... menudo accidente. Un muerto y dos niños gravemente heridos. Y la madre llorando destrozada en medio de la carretera. «La hermosa doncella se fue llorando...»

–¿Han terminado ya con las huellas dactilares? –le interrumpió el inspector.

Comprendiendo que lo mejor era volver al asunto que tenían entre manos, el sargento Cadwallader dijo:

–Sí, señor. Lo tengo todo aquí.

Se dirigió al escritorio, cogió una carpeta y la abrió. El inspector le siguió, se sentó y dejó su maletín debajo del escritorio, antes de empezar a examinar la primera hoja de huellas dactilares.

–¿No hubo problemas para tomar las huellas a las personas de la casa? –preguntó.

–Ninguno –respondió el sargento–. Fueron muy serviciales. Se mostraron ansiosos por colaborar, no podía ser de otro modo.

–No siempre es así. Me he encontrado con más de uno que se niega, es como si creyeran que sus huellas acabarán en el fichero de delincuentes. –Respiró hondo, estiró los brazos y continuó estudiando las huellas–. Veamos, el señor Warwick es el difunto. La señora Laura Warwick, su esposa. La señora mayor Warwick, su madre. El joven Jan Warwick, la señorita Bennett y... ¿quién es éste? ¿Angle? Oh, Angell. Ah, sí, su asistente, ¿no es así? Hay otros dos juegos de huellas, veamos... Hmmm. En la parte exterior de la ventana, en la licorera, en la copa de coñac, huellas de Richard Warwick, de Angell y de la señora Laura Warwick, en el encendedor... y en la pistola. Éstas son las de ese Michael Starkwedder. Le sirvió coñac a la señora Warwick, y fue él quien trajo la pistola desde el jardín.

Cadwallader se alejó del escritorio, dirigiéndose al centro de la habitación.

–El señor Starkwedder –refunfuñó.

–¿No le cae bien? –preguntó el inspector.

–¿Qué hacía aquí? Es lo que me gustaría saber –respondió el sargento–. ¡Atascarse en una zanja justo delante de una casa en la que se ha producido un asesinato!

El inspector se giró hacia su joven colega.

–Anoche usted casi metió el coche en una zanja de camino a esta casa en la que se había producido un asesinato. En cuanto a lo que hace aquí, lleva en los alrededores una semana, busca una casa.

El sargento no parecía muy convencido pero el inspector añadió con tono irónico:

–Parece que su abuela era galesa y que de pequeño solía venir aquí a pasar las vacaciones.

Más tranquilo, el sargento concedió:

–Ah, si su abuela era galesa, eso es otra cosa. –Se dirigió al sillón que había junto a los ventanales, se sentó, alzó el brazo derecho y declamó–: «Un camino lleva a Londres, el otro a Gales. El mío lleva al mar, junto a las blancas velas oscilantes». Un gran poeta, John Masefield. Muy subestimado.

El inspector abrió la boca para quejarse, pero se limitó a sonreír.

–En cualquier momento llegará el informe sobre Starkwedder de Abadan –informó al sargento–. ¿Tiene sus huellas para compararlas?

–Envié a Jones a la fonda donde pasó la noche –repuso Cadwallader–, pero se había ido al taller a ocuparse de la reparación de su coche. Jones llamó al taller, habló con él y le pidió que se presentara en la comisaría lo antes posible.

–Bien –dijo el inspector–. Aquí hay un segundo grupo de huellas no identificadas. La palma de la mano de un hombre sobre la mesa que había junto al cadáver, e impresiones borrosas tanto en el exterior como en el interior del ventanal.

–Apostaría a que son de MacGregor –dijo el sargento chasqueando los dedos.

–Sí, puede ser –admitió el inspector–. Pero no estaban en la pistola. Cualquiera que utilice una pistola para matar a alguien es, sin duda, suficientemente sensato como para ponerse guantes.

–No lo sé. Un tipo desequilibrado como ese MacGregor, desquiciado tras la muerte de su hijo, no pensaría en ello.

–Bueno, pronto nos enviarán una descripción de MacGregor desde Norwich –dijo el inspector.

–Es una historia triste, como quiera que se la mire. Un hombre, su mujer fallecida recientemente, y su único hijo muerto por conducción temeraria.

–Si es que hubo conducción temeraria –observó el inspector–. En tal caso habrían condenado a Warwick por homicidio, o al menos por un delito de imprudencia temeraria. De hecho, ni siquiera le retiraron el carnet de conducir. –Abrió el maletín y extrajo el arma del crimen.

–A veces se miente de forma temeraria –murmuró el sargento–. «Señor, Señor, hasta qué punto está el mundo volcado a la mentira.» Shakespeare.

Su superior se limitó a mirarlo. El sargento recuperó la compostura y se levantó del escabel.

–La palma de la mano de un hombre sobre la mesa –murmuró el inspector mientras se dirigía hacia la mesa, con el arma en la mano. El sargento se acercó–. Qué extraño.

–Tal vez hayan tenido un invitado en casa –sugirió el sargento Cadwallader.

–Tal vez –convino el inspector–. Pero, si no recuerdo mal, la señora Warwick dijo que ayer no recibieron visitas. Puede que ese asistente, Angell, sepa decirnos más. Vaya a buscarlo, ¿quiere?

–Sí, señor.

Una vez a solas, el inspector se inclinó sobre la silla como si contemplara el cuerpo que había estado allí. Luego se dirigió al ventanal y salió al exterior mirando a izquierda y derecha. Examinó la cerradura de las contraventanas, y ya se disponía a volver a la habitación cuando se topó con el sargento y Angell, que vestía una chaqueta de alpaca gris, camisa blanca, corbata negra y pantalones a rayas.

–¿Es usted Henry Angell? –preguntó el inspector.

–Sí, señor.

–Siéntese allí, por favor –dijo el inspector, señalando el sofá.

Angell obedeció.

–Bien –continuó el inspector–. Era el enfermero y asistente del señor Richard Warwick. ¿Durante cuánto tiempo?

–Durante tres años y medio, señor –respondió Angell.

Su actitud era correcta, pero su mirada furtiva.

–¿Le gustaba su trabajo?

–No tenía motivos de queja, señor.

–¿Cómo era trabajar para el señor Warwick?

–Bueno, era difícil.

–Pero tenía sus ventajas, ¿verdad?

–Sí, señor –admitió Angell–. Tenía un salario excelente.

–Y eso compensaba los inconvenientes, ¿no es así? –repuso el inspector.

–Sí, señor. Intento ahorrar algún dinero.

El inspector se sentó en el sillón, colocando la pistola sobre la mesa junto a la silla.

–¿Qué hacía antes de ser contratado por el señor Warwick? –preguntó.

–La misma clase de trabajo, señor. Puedo enseñarle mis referencias. Nunca se han quejado de mi labor. He tenido algunos patrones (o pacientes) verdaderamente difíciles. El señor James Walliston, por ejemplo. Ahora es un paciente voluntario en un hospital psiquiátrico. Una persona muy difícil, señor. –Bajó la voz para añadir–: ¡Drogas!

–Ya –dijo el inspector–. Supongo que el señor Warwick no consumía drogas.

–No, señor. Su único refugio era el coñac.

–Lo bebía en abundancia, ¿no es así? –preguntó el inspector.

–Sí, señor. Bebía mucho, pero no era un alcohólico, si sabe lo que quiero decir. Nunca perdía el control.

El inspector hizo una pausa antes de preguntar:

–¿Y qué es toda esa historia de armas y disparos contra animales?

–Bueno, era su pasatiempo, señor. Lo que en la profesión llamamos una compensación. Tengo entendido que en su época había sido un gran cazador. Menudo arsenal tiene en el dormitorio. –Hizo un gesto en dirección a una habitación en la otra parte de la casa–. Rifles, escopetas, pistolas y revólveres.

–Ya veo –dijo el inspector–. Bien, eche un vistazo a esta pistola.

Angell se levantó y se acercó a la mesa, pero de pronto vaciló.

–No pasa nada –le tranquilizó el inspector–. Puede sostenerla sin miedo.

Angell cogió la pistola con cautela.

–¿La reconoce?

–Es difícil decirlo, señor. Parece una de las del señor Warwick, pero no sé mucho acerca de armas de fuego. No podría decirle con certeza qué arma tenía anoche en la mesa junto a él.

–¿No tenía la misma cada noche?

–Oh, no, tenía sus caprichos, señor –dijo Angell–. Las cambiaba permanentemente. –Devolvió el arma al inspector.

–¿De qué le podía servir un arma anoche, con tanta neblina?

–Era un hábito, señor –respondió Angell–. Podríamos decir que estaba acostumbrado a ello.

–Bien, vuelva a sentarse, por favor.

Angell lo hizo en un extremo del sofá. El inspector estudió el cañón de la pistola, antes de preguntar:

–¿Cuándo vio al señor Warwick por última vez?

–Hacia las diez menos cuarto de anoche, señor. Tenía una botella de coñac y una copa junto a él, y la pistola que había elegido. Le arreglé la manta y le deseé buenas noches.

–¿Nunca se acostaba? –preguntó el inspector.

–No, señor. Al menos no en el sentido habitual del término. Siempre dormía en su silla. A las seis de la mañana le traía el té y después le llevaba al dormitorio, donde se bañaba, afeitaba, etc., y luego dormía hasta la hora de la comida. Sufría de insomnio, de modo que prefería quedarse en la silla. Era un hombre bastante excéntrico.

El inspector Thomas se levantó y se dirigió a las contraventanas, dejando la pistola sobre la mesita al pasar.

–¿Y esto estaba cerrado cuando le dejó? –preguntó señalando las ventanas.

–Sí, señor. Anoche había mucha niebla y no quería que entrara en la casa.

–Muy bien. La ventana estaba cerrada. ¿Con pestillo?

–No, señor. Nunca la cerramos con pestillo.

–Para que pudiera abrirla si quería, ¿no? –dijo el inspector.

–Así es, señor. Podía acercarse en su silla de ruedas y abrir las contraventanas si se disipaba la niebla.

–Ya. –El inspector permaneció pensativo unos instantes, y luego preguntó–: ¿No oyó un disparo anoche?

–No, señor.

El inspector se acercó al sofá y miró a Angell.

–¿No le parece extraño?

–En realidad no, señor. Verá, mi habitación está lejos. Al otro lado de un pasillo y una puerta de doble paño en el otro extremo de la casa.

–¿No le parece un poco incómodo, si su patrón le necesitaba?

–Oh, no, señor. Tenía un timbre que sonaba en mi habitación.

–¿Y anoche no tocó ese timbre en ningún momento?

–No, señor. Si lo hubiese hecho, me habría despertado de inmediato. Es, si me permite decirlo, un timbre muy fuerte, señor.

El inspector Thomas se inclinó sobre el brazo del sofá para plantear la cuestión de otro modo.

–¿Usted...? –empezó con tono de impaciencia controlada, pero le interrumpió el estridente timbre del teléfono.

Esperó a que Cadwallader respondiera, pero el sargento parecía estar soñando con los ojos abiertos. Movía los labios sin emitir ningún sonido, tal vez inmerso en una reflexión poética. De pronto reparó en que el inspector le miraba y en que el teléfono estaba sonando.

–Lo siento, señor, pero se me estaba ocurriendo un poema –explicó mientras se dirigía al escritorio para contestar el teléfono–. Sargento Cadwallader –dijo. Hubo una pausa, y añadió–: Ah, sí, desde luego. –Después de otra pausa, se volvió hacia el inspector–: Es la policía de Norwich, señor.

El inspector cogió el teléfono y se sentó.

–¿Eres tú, Edmundson? –preguntó–. Habla Thomas... Lo tengo, de acuerdo... Sí... Calgary, sí... Sí, la tía, ¿cuándo murió?... ¿Dos meses?... Sí, ya veo... Dieciocho, calle Cuarenta y cuatro, Calgary. –Levantó la vista hacia Cadwallader y le hizo un gesto para que anotara la dirección–. Sí... Lo era, claro... Sí, despacio, por favor. –Volvió a mirar al sargento con expresión elocuente–. Estatura media –repitió–. Ojos azules, cabello y barba oscuros... Sí, lo que tú digas, tú recuerdas el caso... Ah, ya lo había hecho, ¿verdad?... ¿Un tipo violento?... Sí... ¿Me lo envías? Bien, gracias, Edmundson. ¿Cuál es tu opinión?... Sí, sí, conozco la sentencia, pero ¿qué te pareció a ti?... Ah, ya lo había hecho, ¿no es así?... Una o dos veces previamente... Sí, claro, harías alguna concesión... Muy bien. Gracias.

El inspector colgó el auricular y dijo al sargento:

–Bien, ya tenemos parte de la información sobre MacGregor. Parece que cuando murió su mujer regresó a Inglaterra desde Canadá para dejar a su hijo con una tía de su esposa que vivía en North Walsham, pues acababa de conseguir un empleo en Alaska y no podía llevarse al niño consigo. Aparentemente la muerte del niño le destrozó y juró vengarse de Warwick. No es tan raro después de un accidente así. En cualquier caso, regresó a Canadá. Tienen su dirección y mandarán un cable a Calgary. La tía con la que iba a dejar al niño murió hace dos meses. –Se volvió hacia Angell–. Usted estaba aquí en aquel entonces, ¿no es así? Cuando ocurrió el accidente de tráfico en North Walsham en el que murió un niño atropellado.

–Oh, sí, señor. Lo recuerdo con claridad.

El inspector se acercó al asistente. Viendo que la silla del escritorio había quedado vacante, el sargento Cadwallader aprovechó la ocasión para sentarse.

–¿Qué fue lo que sucedió? –preguntó el inspector a Angell–. Hábleme del accidente.

–El señor Warwick conducía por la carretera y un niño salió corriendo de una casa, o puede que de una fonda. Sí, creo que de una fonda. Era imposible frenar. El señor Warwick lo atropelló irremediablemente.

–Conducía a mucha velocidad, ¿verdad? –preguntó el inspector.

–Oh, no, señor. Eso quedó muy claro en la investigación, el señor Warwick iba por debajo del límite de velocidad.

–Al menos eso fue lo que dijo –comentó el inspector.

–Era la verdad, señor –insistió Angell–. La enfermera Warburton (una enfermera que el señor Warwick había contratado por aquel entonces) estaba en el coche, y ella corroboró su versión.

El inspector fue hasta un extremo del sofá.

–¿Miró el velocímetro justo en ese momento?

–Si no recuerdo mal, sí que lo vio –respondió Angell suavemente–. Iban a cuarenta kilómetros por hora. El señor Warwick fue exculpado.

–Pero el padre del niño no estuvo de acuerdo.

–Es normal, señor –fue el comentario de Angell.

–¿El señor Warwick había estado bebiendo?

La respuesta de Angell fue evasiva:

–Creo que había tomado una copa de coñac, señor.

Él y el inspector intercambiaron miradas. Luego éste se dirigió a los ventanales, sacó un pañuelo y se sonó la nariz.

–Bueno, creo que es suficiente por ahora –dijo.

Angell se levantó y salió al pasillo, pero volvió a entrar en la habitación.

–Disculpe, señor –dijo–. ¿Mataron al señor Warwick con su propia pistola?

El inspector se volvió hacia él.

–Aún no lo sabemos. Quienquiera que le disparó, chocó con el señor Starkwedder, que subía hacia la casa en busca de ayuda para su vehículo atascado. En la colisión, el hombre dejó caer una pistola. El señor Starkwedder la recogió: esta pistola. –Señaló el arma que estaba sobre la mesa.

–Comprendo, señor. Gracias. –dijo Angell mientras volvía hacia la puerta.

–Por cierto –añadió el inspector–, ¿recibieron alguna visita ayer por la noche?

Angell reflexionó un momento.

–No que recuerde ahora mismo, señor. –Y abandonó la habitación cerrando la puerta.

El inspector volvió al escritorio.

–Si quiere saber mi opinión –dijo al sargento–, ese tipo es una mala pieza. No es nada en particular, pero me da mala espina.

–Comparto su opinión –respondió Cadwallader–. No es alguien en quien confiaría y, si me apura, diría que hay algo sospechoso acerca de ese accidente.

Al advertir de pronto que su superior se hallaba a su lado, el sargento se levantó rápidamente de su silla. El inspector cogió las notas que Cadwallader había estado tomando y comenzó a examinarlas.

–Ahora me pregunto si Angell sabe algo acerca de anoche que no nos haya contado... ¿Qué es esto? «La niebla llega en noviembre, pero pocas veces en diciembre.» Esto no es Keats, espero.

–No –dijo el sargento Cadwallader con tono orgulloso–. Es Cadwallader.

7

El inspector le devolvió la libreta con brusquedad. En ese instante se abrió la puerta y entró la señorita Bennett, quien volvió a cerrarla con delicadeza detrás de sí.

–La señora Warwick está ansiosa por verle. Quiero decir la madre del señor Warwick. Aunque no lo reconozca, creo que no está muy bien de salud, así que por favor sea amable con ella. ¿La verá ahora?

–Oh, por supuesto –respondió el inspector–. Dígale que pase.

La señorita Bennett abrió la puerta, hizo unas señas, y la señora Warwick entró.

–Todo va bien, señora Warwick –le aseguró el ama de llaves, cerrando la puerta al abandonar la habitación.

–Buenos días, señora –dijo el inspector.

La mujer no respondió al saludo, sino que fue directamente al grano:

–Dígame, inspector, ¿ha hecho algún progreso?

–Es muy pronto para decirlo, señora, pero no le quepa la menor duda de que estamos haciendo todo cuanto está a nuestro alcance.

La señora se sentó en el sofá y apoyó el bastón en uno de los brazos.

–Ese hombre, MacGregor, ¿ha sido visto por aquí? ¿Le ha identificado alguien?

–Le estamos investigando –informó el inspector–. Pero hasta ahora no hay ningún dato sobre un extraño en la zona.

–Ese pobre niño –prosiguió la señora Warwick–. El que atropelló Richard, quiero decir. Supongo que el padre se desquició, me dijeron que se mostraba muy violento por aquellas fechas. Tal vez sea normal, pero ¡dos años después! Parece increíble.

–Sí –convino el inspector–, es mucho tiempo para esperar.

–Pero era escocés, por supuesto –recordó ella–. Un MacGregor. Gente obstinada, los escoceses.

–Desde luego –exclamó el sargento Cadwallader, pensando en voz alta–. Hay pocas visiones más impresionantes que la de un escocés en acción –dijo, pero el inspector le lanzó una mirada de desaprobación que le hizo callar.

–¿Su hijo no recibió ninguna advertencia? –preguntó el inspector–. ¿Ninguna carta de amenaza? ¿Nada por el estilo?

–No; estoy segura de que no recibió nada –respondió la mujer con firmeza–. Richard me lo habría contado, le hubiera hecho reír.

–¿No se lo hubiese tomado en serio? –sugirió el inspector.

–Richard siempre se reía del peligro.

Parecía orgullosa de su hijo.

–Después del accidente –continuó el inspector–, ¿ofreció su hijo alguna compensación al padre del niño?

–Por supuesto. Richard no era un hombre malo.

Pero fue rechazada. Rechazada con indignación, diría yo.

–Comprendo –murmuró el inspector.

–Tengo entendido que la esposa de MacGregor había fallecido. El niño era todo lo que le quedaba en el mundo. Realmente fue una tragedia.

–Pero en su opinión no fue culpa de su hijo, ¿verdad? –preguntó el inspector. Como la señora Warwick no respondía, insistió–: No fue culpa de su hijo, ¿verdad?

La mujer permaneció en silencio unos instantes más, antes de responder:

–Le he oído.

–¿Tal vez no está de acuerdo?

La señora Warwick se volvió, avergonzada, rascando un cojín con el dedo.

–Richard bebía demasiado –dijo finalmente–. Y, por supuesto, aquel día había estado bebiendo.

–¿Una copa de coñac? –insinuó el inspector.

–¡Una copa de coñac! –exclamó la señora Warwick con una risa amarga–. Había estado bebiendo mucho. Bebía en gran cantidad. Esa licorera de allí... –Señaló la licorera de la mesa que estaba junto al sillón del ventanal–. Se la llenaban cada noche, y casi siempre estaba vacía por la mañana.

Sentándose en el escabel, el inspector le dijo con voz serena:

–Así que usted cree que su hijo tuvo la culpa del accidente.

–Por supuesto que la tuvo. Nunca albergué la menor duda al respecto.

–Pero fue exculpado –le recordó el inspector.

La señora Warwick rió con amargura.

–Esa enfermera que iba en el coche con él, esa tal Warburton –espetó–, era una ingenua y adoraba a Richard. Además, no me extrañaría que él la hubiese recompensado generosamente por su testimonio.

–¿Lo sabe con certeza? –preguntó el inspector bruscamente.

La señora Warwick respondió con un tono igualmente brusco:

–No sé nada, pero saco mis propias conclusiones.

El inspector se puso en pie, se dirigió hacia el sargento Cadwallader y cogió sus notas mientras la señora Warwick seguía hablando.

–Le digo todo esto ahora –puntualizó–, porque usted quiere la verdad, ¿no es así? Quiere estar seguro de que existían suficientes motivos para que el padre de aquel niño cometiera un asesinato. Pues bien, en mi opinión los había. Simplemente que jamás pensé que después de tanto tiempo... –Su voz se debilitó hasta apagarse.

El inspector levantó la vista de las notas.

–¿No oyó nada anoche? –preguntó.

–Estoy un poco sorda, ya sabe –respondió ella–. No supe que ocurría algo hasta que oí a los demás hablando y pasando por delante de mi puerta. Bajé y Jan dijo: «Han matado a Richard. Han matado a Richard». Al principio pensé... –se pasó una mano por los ojos– pensé que era una broma.

–¿Jan es su hijo menor? –preguntó el inspector.

–No es mi hijo. Me divorcié de mi esposo hace muchos años. Él se volvió a casar. Jan es hijo de su segundo matrimonio. –Hizo una pausa y continuó–: Parece más complicado de lo que es en realidad. Cuando sus padres murieron, el niño vino aquí. Richard y Laura se acababan de casar. Laura siempre ha sido muy buena con el medio hermano de Richard, ha sido como una hermana mayor para él.

Hizo una pausa, y el inspector aprovechó la oportunidad para que volviera a hablar de Richard.

–Lo comprendo –dijo–. Pero volviendo a su hijo Richard...

–Quería mucho a mi hijo, inspector, pero eso no me impedía ver sus defectos, que en gran medida se debían al accidente que le dejó lisiado. Era un hombre orgulloso que amaba la vida al aire libre, y tener que hacer una vida de inválido era mortificante para él. Por decirlo de alguna manera, no mejoró su carácter.

–Entiendo. ¿Diría que su vida matrimonial era feliz?

–No tengo la menor idea –Estaba claro que la señora Warwick no pensaba decir nada más al respecto–. ¿Hay algo más que desee saber, inspector?

–No, gracias, señora Warwick. Pero me gustaría hablar con la señorita Bennett.

La mujer se puso en pie y el joven sargento se dirigió a la puerta para abrírsela.

–Sí, por supuesto –dijo–. La señorita Bennett (la llamamos Benny) es la persona que más podrá ayudarle, tan práctica y eficiente como es.

–¿Lleva mucho tiempo con usted? –preguntó el inspector.

–Oh, sí, muchos años. Cuidó de Jan cuando era pequeño, y antes de eso también nos ayudó con Richard. Se ocupó de todos nosotros, es una persona muy fiel. –Y, agradeciendo el gesto del sargento con una inclinación de la cabeza, abandonó la habitación.

8

Después de cerrar la puerta, el sargento Cadwallader miró al inspector.

–Así que Richard Warwick era un bebedor, ¿eh? –comentó–. No es la primera vez que lo oigo decir, ¿sabe? Y todas esas pistolas y rifles y escopetas. Un poco tarambana, si quiere saber mi opinión.

–Tal vez –respondió lacónico el inspector.

Sonó el teléfono. Esperando que contestara el sargento, el inspector le dirigió una mirada elocuente, pero Cadwallader estaba absorto en sus notas, que examinaba mientras se sentaba en el sillón, completamente ajeno a los timbrazos. Al cabo de unos instantes, y al comprender que la cabeza del sargento estaba en otra parte, sin duda en proceso de componer un nuevo poema, el inspector suspiró, se dirigió al escritorio y levantó el auricular.

–Sí –dijo–. Sí, yo mismo. ¿Ha llegado Starkwedder? ¿Le han tomado las huellas?... Bien... sí... Bueno, díganle que espere... Sí, estaré allí en media hora más o menos... Quiero hacerle unas cuantas preguntas más... Sí, adiós.

Hacia el final de la conversación, la señorita Bennett había entrado en la habitación y ahora aguardaba junto a la puerta. Al verla, el sargento se levantó del sillón y se acercó a ella.

–¿Sí? –dijo la señorita Bennett con una inflexión interrogativa. Se dirigía al inspector–. ¿Quería hacerme algunas preguntas? Tengo mucho trabajo esta mañana.

–Sí, señorita Bennett –respondió el inspector–. Quiero que me cuente su versión del accidente de Norfolk, el que acabó con la vida de aquel niño.

–¿El hijo de MacGregor?

–Sí, el mismo. Me han dicho que ayer se acordó rápidamente de su nombre.

La señorita Bennett se volvió para cerrar la puerta.

–Así es. Tengo buena memoria para los nombres.

–Y sin duda –continuó el inspector– el suceso le dejó algunas impresiones. Pero usted no estaba en el coche, ¿verdad?

Ella se dirigió al sofá.

–No, yo no estaba en el coche –dijo–, sino la enfermera que el señor Warwick tenía por aquel entonces. La enfermera Warburton.

–¿La interrogaron durante la investigación?

–No –respondió la señorita Bennett–. Pero Richard nos lo contó al volver. Dijo que el padre del niño le había amenazado, que había dicho que se lo haría pagar. No lo tomamos en serio, por supuesto.

El inspector se le acercó.

–¿Se formó alguna impresión particular sobre el accidente? –preguntó.

–No sé a qué se refiere.

El inspector la observó durante unos instantes, y luego dijo:

–Quiero decir que si piensa que ocurrió porque el señor Warwick había estado bebiendo.

La señorita Bennett hizo un gesto desdeñoso.

–Oh, supongo que su madre le dijo eso –espetó–. Pues bien, no debe creer todo lo que le diga. Tiene prejuicios contra la bebida. Su marido (el padre de Richard) bebía.

–Entonces usted cree –sugirió el inspector– que la versión de Richard Warwick era verdad, que conducía dentro del límite de velocidad establecido y que no hubiera podido evitar el accidente.

–No veo por qué debo dudar de ello. La enfermera Warburton corroboró su relato.

–¿Y se podía confiar en su palabra? –preguntó el inspector.

Ofendida por lo que parecía considerar una calumnia a su profesión, ella respondió con acritud:

–No veo por qué no. Después de todo, la gente no va por ahí diciendo mentiras... no sobre cosas tan importantes, ¿no cree?

El sargento Cadwallader intervino:

–¿Es eso cierto? ¡Vaya! Por la manera como hablan en ocasiones, se diría que no sólo estaban dentro del límite de velocidad, sino que además circulaban marcha atrás.

El inspector se giró lentamente y miró al sargento. La señorita Bennett también miró al joven con aire de sorpresa. Avergonzado, Cadwallader bajó la vista sobre sus notas, y el inspector se volvió hacia la señorita Bennett.

–Lo que intento decir es esto –le dijo–: En el dolor y la tensión del momento, es fácil que un hombre amenace con vengarse por un accidente que ha segado la vida de su hijo. Pero si lo piensa, si las cosas son como se han explicado, sin duda habría llegado a la conclusión de que el accidente no había sido culpa de Richard.

–Ah –dijo la señorita Bennett–. Ya entiendo.

El inspector se paseaba lentamente por la habitación.

–Pero si conducía el coche de manera errática y por encima del límite de velocidad; si el coche avanzaba, digámoslo así, fuera de control...

–¿Le dijo eso Laura? –preguntó la señorita Bennett.

El inspector se giró para mirarla, sorprendido por la mención de la esposa del difunto.

–¿Qué le hace pensar que me lo dijo ella?

–No lo sé. Simplemente me lo preguntaba. –Con expresión confundida, echó un vistazo al reloj–. ¿Eso es todo? Esta mañana tengo mucho que hacer.

Se dirigió hacia la puerta y se disponía a salir cuando el inspector dijo:

–Me gustaría hablar con el joven Jan.

–Oh, está bastante alterado –dijo ella con aspereza–. Le estaría agradecida si no hablara con él. Apenas he conseguido que se calme un poco.

–Lo siento, pero me temo que tendremos que hacerle un par de preguntas –insistió el inspector.

La señorita Bennett volvió a entrar en la habitación y cerró la puerta.

–¿Por qué no encuentra a ese MacGregor y le interroga? –sugirió–. No puede andar muy lejos.

–Le encontraremos. No se preocupe –le aseguró el inspector.

–Eso espero –replicó la señorita Bennett–. La venganza no es de cristianos.

–Desde luego –convino el inspector, y añadió con elocuencia–: Sobre todo cuando el accidente no fue culpa del señor Warwick y no se pudo evitar.

Ella le miró con dureza.

Hubo un silencio, y luego el inspector repitió:

–Me gustaría hablar con Jan, por favor.

–No sé si le encontraré –dijo la señorita Bennett–. Puede haber salido. –Y abandonó la habitación.

El inspector miró al sargento haciendo un gesto con la cabeza hacia la puerta, y éste la siguió fuera.

En el pasillo, la señorita Bennett reprendió al sargento Cadwallader:

–No le agobien –dijo, y de pronto volvió a entrar en la habitación–. No agobie al muchacho –pidió al inspector–. Se altera fácilmente. Es muy temperamental.

El inspector la contempló y luego preguntó:

–¿Alguna vez se pone violento?

Dirigiéndose al centro de la habitación, ella explicó:

–No, claro que no. Es un chico muy dulce. Muy dócil. Sencillamente quise decir que podrían ponerle nervioso. No es bueno que un niño se mezcle en un asesinato. Porque no es más que eso en realidad: un niño.

El inspector se sentó en la silla frente al escritorio.

–No tiene por qué preocuparse, señorita Bennett, se lo aseguro –le dijo–. Comprendemos la situación.

9

La puerta se abrió, y el sargento entró con Jan, quc se acercó al inspector.

–¿Me busca a mí? –exclamó nervioso–. ¿Le han cogido ya? ¿Tiene sangre en la ropa?

–Jan –le amonestó la señorita Bennett–, compórtate. Responde a las preguntas que te haga este caballero.

Jan se giró hacia la señorita Bennett, y luego hacia el inspector.

–Oh, sí, lo haré –prometió–. Pero ¿yo no puedo hacer ninguna pregunta?

–Por supuesto que puedes hacerlas –le aseguró el inspector con tono cariñoso.

La señorita Bennett se sentó en el sofá.

–Esperaré mientras le interrogan –dijo.

El inspector se puso de pie, se dirigió hacia la puerta y la abrió.

–No, gracias, señorita Bennett –dijo con firmeza–. No la necesitaremos. Además, ¿no dijo que tiene mucho que hacer esta mañana?

–Preferiría quedarme –insistió.

–Lo siento –replicó el inspector con tono severo–. Siempre hablamos con las personas a solas.

La señorita Bennett lo miró y luego al sargento

Cadwallader. Comprendiendo que había sido derrotada, lanzó un suspiro de irritación, se levantó y se marchó. El inspector cerró la puerta detrás de ella y se dirigió al sofá. El sargento fue hasta el vano, preparándose para tomar más notas.

–No creo –dijo el inspector a Jan– que hayas estado antes en relación directa con un asesinato, ¿verdad?

–No, nunca –respondió Jan ansioso–. Es muy emocionante, ¿no? –Se arrodilló sobre el escabel–. ¿Tienen pistas; huellas, manchas de sangre o algo así?

–Pareces muy interesado por la sangre –observó el inspector con una sonrisa afable.

–Lo estoy. Me gusta la sangre. Es un color hermoso, ¿verdad? Un rojo tan intenso... –Caminó hasta un extremo del sofá y se sentó, riendo nervioso–. Richard disparaba contra cosas, y luego sangraban. Es muy gracioso, ¿verdad? Quiero decir que es gracioso que Richard, que siempre disparaba contra cosas, haya sido el objeto de un disparo. ¿No le parece gracioso?

El inspector respondió con un tono suave y algo seco:

–Supongo que tiene su lado cómico. –Hizo una pausa–. ¿Te entristece la muerte de tu hermano, quiero decir, de tu medio hermano?

–¿Entristecerme? –Jan pareció sorprendido–. ¿Por qué habría de entristecerme?

–Bueno, pensé que tal vez... le querías mucho –sugirió el inspector.

–¡Quererle! –exclamó Jan, asombrado–. ¿A Richard? Oh, no, nadie podía quererle.

–Pero supongo que su esposa sí le quería.

Otro gesto de sorpresa.

–¿Laura? –exclamó–. No, no lo creo. Siempre se ponía de mi lado.

–¿De tu lado? ¿Qué quieres decir?

De pronto, Jan pareció asustado.

–Sí, sí –exclamó–. Cuando Richard quería que me enviaran fuera.

–¿Que te enviaran fuera?

–A uno de esos lugares... Ya sabe, adonde te encierran y ya no puedes salir. Dijo que quizá Laura iría a verme, a veces. –Jan tembló un poco, luego se incorporó y miró al sargento Cadwallader–. No me gustaría que me encerraran –añadió con voz trémula–. Detestaría que lo hicieran.

Se dirigió a los ventanales y salió a la terraza.

–Me gustan los lugares abiertos –dijo desde fuera–. Me gusta mi ventana abierta, y mi puerta, y saber que siempre puedo salir. –Volvió a entrar en la habitación–. Pero ya nadie puede encerrarme, ¿verdad?

–No, chico –le aseguró el inspector–. No lo creo.

–Ya no, ahora que Richard ha muerto –añadió Jan, e incluso pareció que alardeara.

–¿Así que Richard te quería hacer encerrar? –preguntó el inspector.

–Laura dice que sólo me lo decía para tomarme el pelo –repuso Jan–. Dijo que eso era todo, y que no tenía nada que temer, que mientras ella estuviese aquí no permitiría que me encerraran. –Se fue a sentar sobre el brazo derecho del sillón–. Quiero a Laura –prosiguió con nervioso entusiasmo–. La quiero muchísimo. Lo pasamos muy bien juntos. Buscamos mariposas y huevos de pájaros, y jugamos juntos. Bezique. ¿Conoce ese juego? Es un juego inteligente. Y a otros juegos de cartas. Oh, es muy divertido hacer cosas con Laura.

El inspector se acercó a él y se apoyó en el brazo derecho del sillón. Le preguntó con tono afable:

–Supongo que no recuerdas nada sobre ese accidente que ocurrió cuando vivías en Norfolk, ¿verdad? Cuando atropellaron a un niño.

–Oh, sí, lo recuerdo –respondió Jan con tono alegre–. Interrogaron a Richard.

–¿Qué más recuerdas?

–Ese día comimos salmón. Richard y Warby volvieron juntos. Warby estaba un poco aturdida, pero Richard se estaba riendo.

–¿Warby? –preguntó el inspector–. ¿Te refieres a la enfermera Warburton?

–Sí, Warby. No me gustaba mucho. Pero ese día Richard estaba tan encantado con ella que no dejaba de repetir «Muy buena actuación, Warby».

La puerta se abrió de pronto y apareció Laura Warwick. El sargento se dirigió hacia ella, y Jan la saludó:

–Hola, Laura.

–¿Interrumpo? –preguntó Laura al inspector.

–No, claro que no, señora Warwick. ¿Quiere sentarse?

Laura avanzó hacia el interior de la habitación, y el sargento cerró la puerta detrás de ella.

–Jan... –empezó Laura, pero se interrumpió.

–Le estaba preguntando –explicó el inspector– si recordaba algo acerca del accidente de Norfolk. En el que murió el niño MacGregor.

Ella se sentó en el extremo del sofá.

–¿Lo recuerdas, Jan?

–Claro que lo recuerdo –respondió el muchacho–. Lo recuerdo todo. –Se volvió hacia el inspector–. Ya se lo he dicho, ¿no es así?

El inspector no le respondió directamente. En lugar de ello, se movió lentamente hacia el extremo derecho del sofá y, dirigiéndose a Laura, preguntó:

–¿Qué sabe usted acerca del accidente, señora Warwick? ¿Se discutió aquel día a la hora de la comida, cuando su esposo volvió del interrogatorio?

–No lo recuerdo –respondió ella.

Jan se levantó de golpe y se acercó a ella.

–Oh, claro que lo recuerdas, Laura. ¿Acaso no recuerdas cuando Richard dijo que un mocoso más o menos en el mundo no tenía importancia?

Laura se puso de pie.

–Por favor... –dijo al inspector.

–No pasa nada, señora Warwick –la tranquilizó el inspector–. Es importante que lleguemos a la verdad de aquel accidente. Después de todo, presumiblemente es la causa de lo que ocurrió aquí anoche.

Laura cruzó la habitación y se sentó en otro sofá.

–Oh, sí –suspiró–. Lo sé.

–Según su suegra –continuó el inspector–, ese día su esposo había estado bebiendo.

–Supongo que sí –admitió Laura–. No me extrañaría.

El inspector se sentó en el extremo del sofá.

–¿Llegó a ver o conocer a ese MacGregor?

–No –dijo ella–. No estuve en los interrogatorios.

–Parece que amenazó con vengarse –comentó el inspector.

Laura esbozó una sonrisa triste.

–Debió de afectarle la razón, supongo –convino.

Jan, cada vez más nervioso, se acercó a ellos.

–Si tuviese un enemigo –exclamó agresivo– haría exactamente lo mismo. Esperaría largo rato, y luego me acercaría cautelosamente en la oscuridad con mi pistola. Y después... –Disparó contra el sillón con un arma imaginaria–. ¡Pum, pum, pum!

–Calla, Jan –le ordenó ella.

Jan pareció entristecido.

–¿Estás enfadada conmigo, Laura? –preguntó de modo pueril.

–No, cielo –le tranquilizó–. No estoy enfadada. Pero intenta no alterarte tanto.

–No estoy alterado.

Mientras él hablaba, oyeron voces en el pasillo. Era Starkwedder.

–Buenos días, señorita Bennett. ¿Dónde está el inspector Thomas? Quisiera hablar con él. ¿Está ahí dentro?

Se oyó la respuesta de la señorita Bennett:

–Buenos días, agente. Están ahí dentro, ambos... No sé qué está pasando.

–He traído esto para el inspector –dijo el agente–. Tal vez pueda dárselo al sargento Cadwallader.

–¿Qué pasa? –preguntó Laura.

El inspector se dirigió a la puerta.

–Parece que el señor Starkwedder ha vuelto –respondió.

10

La puerta se abrió y Starkwedder entró en la habitación. El sargento Cadwallader aprovechó la oportunidad para marcharse y su voz se oyó en el pasillo al hablar con el agente que había acompañado a Starkwedder. Mientras tanto, el joven Jan se hundió en el sillón y observaba todo lo que acontecía.

–Mire –espetó Starkwedder al entrar en la estancia–, no puedo perder todo el día en la comisaría, les he dado mis huellas y he insistido en que me trajeran aquí; tengo cosas que hacer, tengo dos citas con un agente inmobiliario. –De pronto se percató de la presencia de Laura–. Oh... buenos días, señora Warwick. Siento muchísimo lo ocurrido.

–Buenos días –respondió Laura con aire distante.

El inspector se acercó a la silla junto al sillón.

–Señor Starkwedder, ¿no apoyaría anoche por casualidad la mano en esta mesa y después empujaría la ventana para abrirla? –preguntó el inspector.

Starkwedder se aproximó a él.

–No lo sé –reconoció–. Es posible, ¿es importante? No lo recuerdo.

Cadwallader regresó a la habitación con una carpeta en la mano. Después de cerrar la puerta se acercó al inspector.

–Aquí están las huellas del señor Starkwedder –le informó–, las ha traído el agente junto con el informe de balística.

–Vamos a ver –dijo el inspector–. La bala que mató a Richard Warwick procedía de esta pistola. En cuanto a las huellas, pronto lo averiguaremos.

Se acercó a la silla junto al escritorio y comenzó a estudiar los documentos.

Transcurridos unos minutos Jan, que había estado pendiente de los movimientos de Starkwedder, preguntó:

–Usted acaba de regresar de Abadan, ¿verdad? ¿Cómo es?

–Muy caluroso –fue la respuesta de Starkwedder antes de volverse hacia Laura–. ¿Cómo se encuentra hoy, señora Warwick? ¿Está mejor? –preguntó mientras se acercaba a un extremo del sofá para sentarse.

–Sí, gracias –respondió ella–. He superado el *shock*.

–Bien –replicó Starkwedder.

El inspector se acercó a Starkwedder.

–Sus huellas –anunció– se encuentran en la ventana, la licorera, la copa y el encendedor, pero las huellas de la mesa no son suyas, se trata de huellas desconocidas. –Recorrió la habitación con la vista–. Asunto resuelto, entonces –continuó–. Dado que no hubo ninguna visita anoche... –Miró a Laura.

–No –le aseguró ésta.

–Entonces tienen que ser de MacGregor –estableció el inspector.

–¿De MacGregor? –preguntó Starkwedder con los ojos clavados en Laura.

–Parece sorprendido –comentó el inspector.

–Sí, más bien –reconoció Starkwedder–. Quiero decir, lo normal hubiera sido que llevara guantes.

El inspector se acercó al sargento Cadwallader, que permanecía de pie.

–Tiene razón –convino–, utilizó la pistola con guantes.

–¿Hubo alguna discusión? –preguntó Starkwedder a Laura–. ¿Se oyó algo más aparte del disparo?

Ella hizo un esfuerzo por responder.

–Yo... Benny y yo sólo oímos el disparo, pero de todos modos no hubiéramos oído nada desde arriba.

Cadwallader estaba contemplando el jardín desde una pequeña ventana. Al ver que alguien cruzaba la hierba, se apostó junto a uno de los ventanales, por donde entró un atractivo hombre de unos treinta y tantos años, de altura superior a la media, cabello rubio, ojos azules y cierto aire militar. El hombre se detuvo con aspecto preocupado. Jan, el primero en percibir su presencia, gritó exaltado:

–¡Julian!, ¡Julian!

El recién llegado miró a Jan y luego a Laura.

–¡Laura! –exclamó–, acabo de enterarme. Lo... lo siento muchísimo.

–Buenos días, mayor Farrar –le saludó el inspector.

Julian se volvió hacia éste.

–Qué asunto tan extraño –comentó–, pobre Richard.

–Estaba aquí en la silla de ruedas –le explicó Jan emocionado–. Tenía el cuerpo encogido y un trozo de papel sobre el pecho. ¿Sabes qué ponía? «Cuenta saldada.» ¡Qué emocionante!, ¿verdad?

Farrar pasó por delante de él.

–Sí, claro que es emocionante –le aseguró mientras dirigía una mirada inquisidora a Starkwedder.

El inspector presentó a los dos hombres:

–Éste es el señor Starkwedder. El mayor Farrar, que podría ser nuestro próximo diputado, ya ha presentado su candidatura para el escaño.

Starkwedder se levantó y ambos hombres se estrecharon la mano. El inspector hizo señas al sargento de que se acercara. Mientras conversaban, Starkwedder brindó una explicación a Farrar.

–Se me atascó el coche en la cuneta y me acerqué a la casa para llamar por teléfono y pedir ayuda. Un hombre salió corriendo de la casa y casi me derribó.

–¿En qué dirección huyó? –preguntó Farrar.

–No tengo ni idea. Se desvaneció en la niebla como por arte de magia.

Starkwedder dio media vuelta mientras Jan, arrodillado en el sillón con los ojos clavados en Farrar, dijo:

–Ya le dijiste a Richard que algún día le matarían, ¿verdad, Julian?

Hubo un silencio y todos miraron a Julian Farrar, que permaneció pensativo un instante.

–¿Ah, sí? No lo recuerdo –replicó con brusquedad.

–Sí que lo dijiste, una noche durante la cena. Ya sabes, tú y Richard estabais discutiendo por algo y tú dijiste: «Uno de estos días alguien te meterá una bala en la cabeza».

–Una profecía extraordinaria –observó el inspector.

Farrar se sentó en un extremo del escabel.

–Bueno –dijo–, Richard y sus armas eran bastante molestas de por sí, a nadie le gustaban. Por ejemplo, estaba ese hombre, ¿le recuerdas, Laura? Vuestro jardinero, Griffiths, el que Richard despidió un buen día. Griffiths me dijo en más de una ocasión: «Uno de estos días mataré al señor Warwick».

–Griffiths no haría algo así –exclamó Laura.

Farrar parecía arrepentido.

–No, claro que no –reconoció–, no quería decir eso, simplemente era el tipo de cosa que se decía sobre Richard.

Para ocultar su bochorno, sacó la pitillera y extrajo un cigarrillo.

El inspector se sentó en la silla del escritorio con aire pensativo. Starkwedder estaba de pie cerca de Jan, que le estudiaba con interés.

–Ojalá hubiera estado aquí anoche –comentó Farrar a nadie en particular–. Ésa era mi intención.

–Pero con esa niebla tan terrible era imposible que vinieras –comentó Laura.

–Sí –respondió Farrar–. Los miembros del comité vinieron a cenar y cuando empezó a caer la niebla, se marcharon a casa temprano. Pensé entonces en acercarme pero al final deseché la idea. –Se palpó los bolsillos en busca del encendedor y preguntó–: ¿Alguien ha visto mi encendedor? Creo que lo he perdido.

Echó un vistazo alrededor y de pronto lo descubrió sobre la mesa junto al sillón, donde Laura lo había dejado la noche anterior. Farrar se incorporó y lo recogió bajo la atenta mirada de Starkwedder.

–Aquí está. No sabía dónde lo había dejado.

–Julian... –comenzó Laura.

–¿Sí? –Farrar le ofreció un cigarrillo y ella lo aceptó–. Siento mucho lo sucedido. Si puedo hacer algo...

–Sí, lo sé –respondió ella mientras Farrar le encendía el cigarrillo.

–¿Sabe disparar, señor Starkwedder? –preguntó Jan–. Yo sí, Richard a veces me dejaba probar, sólo a veces, claro, y yo no soy tan bueno como él.

–¿Ah, sí? –contestó Starkwedder–. ¿Qué tipo de pistola te dejaba utilizar?

Mientras Jan acaparaba la atención de Starkwedder, Laura susurró a Julian Farrar:

–Julian, necesito hablar contigo.

La voz de Farrar fue igual de queda.

–¡Ten cuidado! –le advirtió.

–Era una 22 –explicaba Jan a Starkwedder–. Soy bastante bueno, ¿verdad, Julian? –Jan se levantó y se acercó a Farrar–. ¿Recuerdas aquella vez que me llevaste a la feria? Tumbé dos botellas, ¿verdad?

–Por supuesto, muchacho. Tienes buen ojo, y eso es lo importante; también lo tienes para el críquet. –Farrar se trasladó a un extremo del sofá y agregó–: Fue un partido sensacional el que celebramos el verano pasado.

Jan sonrió jubiloso y se sentó en el escabel frente al inspector, que ahora examinaba los documentos del escritorio. Hubo una pausa. Starkwedder sacó un cigarrillo y le preguntó a Laura:

–¿Le importa si fumo?

–Por supuesto que no.

Starkwedder se volvió hacia Farrar.

–¿Me deja su encendedor?

–Claro que sí, aquí tiene.

–Bonito encendedor –comentó Starkwedder al encender el cigarrillo.

Laura hizo un gesto involuntario pero se contuvo.

–Sí –respondió Farrar con aire indiferente–, funciona mejor que la mayoría.

–Parece... excepcional –comentó Starkwedder mientras miraba de reojo a Laura.

Devolvió el encendedor a Farrar y murmuró unas palabras de agradecimiento.

Jan se levantó del escabel y se colocó detrás de la silla del inspector.

–Richard tiene muchas armas –le dijo–. Y tiene una que solía utilizar en África para matar elefantes. ¿Quiere verlas? Están en el dormitorio de Richard, por allí –dijo indicándole el camino.

–Muy bien –dijo el inspector mientras se incorporaba–. Enséñanoslas. –Sonrió al muchacho y agregó–: ¿Sabes?, nos estás ayudando mucho, deberíamos incorporarte al cuerpo de policía.

Apoyó una mano en el hombro del muchacho, le condujo hasta la puerta y el sargento la abrió.

–No es necesario que se quede, señor Starkwedder –comentó el inspector desde la puerta–. Puede ocuparse de sus asuntos, pero manténgase en contacto.

–De acuerdo –respondió Starkwedder mientras Jan, el inspector y el sargento abandonaban la estancia.

11

Una vez la policía hubo abandonado la habitación con Jan, un silencio tenso se cernió sobre los presentes. Starkwedder dijo:

–Bien, supongo que he de comprobar si han logrado sacar mi coche de la cuneta; no pasamos por delante al venir hacia aquí.

–No –respondió Laura–, el sendero comienza en el otro lado de la carretera.

–Ya veo –respondió Starkwedder mientras se dirigía a los ventanales. Al salir a la terraza, comentó–: ¡Qué diferente se ve todo con la luz del día!

Tan pronto se marchó, Laura y Farrar se miraron.

–¡Julian! –exclamó ella–. ¡El encendedor! ¡Dije que era mío!

–¿Dijiste que era tuyo? ¿Al inspector?

–No. A él.

–A ese tipo... –comenzó Farrar, pero enmudeció al ver a Starkwedder pasearse por la terraza–. Laura...

–¡Ten cuidado! –le advirtió ella mientras se acercaba a la pequeña ventana del vano y miraba al exterior–. Quizá nos esté escuchando.

–¿Quién es? –preguntó Farrar–. ¿Le conoces?

Laura se acercó al centro de la estancia.

–No, no le conozco –dijo–. Tuvo un accidente con el coche y vino anoche, justo después de...

Julian le rozó la mano tendida sobre el respaldo del sofá.

–No pasa nada, Laura. Sabes que haré todo lo que pueda.

–Julian... las huellas dactilares.

–¿Qué huellas?

–En esa mesa y en el cristal de la ventana. ¿Son tuyas?

Farrar retiró la mano de la suya para indicar que Starkwedder volvía a pasar por la terraza. Sin volverse hacia la ventana, ella se apartó de él y dijo en voz alta:

–Es muy amable de tu parte, Julian, estoy convencida de que puedes ayudarnos con muchas cosas.

Starkwedder deambulaba por la terraza. Cuando hubo desaparecido de vista, Laura dijo:

–¿Son tuyas estas huellas dactilares, Julian? Piensa.

Farrar permaneció pensativo un instante y luego dijo:

–Las de la mesa quizá sí.

–¡Dios mío! ¿Qué vamos a hacer?

De nuevo distinguieron a Starkwedder caminando de un lado a otro de la terraza. Laura dio una calada al cigarrillo.

–La policía sospecha de un hombre llamado MacGregor –dijo.

–Muy bien –respondió él–. Es probable que sigan pensando así.

–Pero imagina...

Farrar la interrumpió.

–Debo marcharme, tengo una reunión –dijo mientras se incorporaba–. No pasa nada. –La tranquilizó con unas palmadas en el hombro–. No te preocupes, yo me ocuparé de que estés bien.

La expresión de Laura era de incomprensión, casi de desesperación. Pero Farrar, al parecer ajeno a ello, se dirigió a los ventanales. Al salir, se encontró con Starkwedder, que entraba de nuevo en el estudio. Farrar se apartó con cortesía para evitar chocar con él.

–¿Se marcha usted? –preguntó Starkwedder.

–Sí. Estos días voy bastante ajetreado. Las elecciones se celebran dentro de una semana.

–Ya –respondió Starkwedder–. Perdone mi ignorancia, pero ¿qué partido representa usted? ¿El conservador?

–Soy liberal –respondió Farrar con altivez.

–¡Ah! ¿Todavía existen?

Julian Farrar suspiró y se marchó sin pronunciar palabra. Starkwedder dedicó a Laura una mirada dura.

–Ya veo –dijo con furia contenida–, o al menos estoy empezando a ver.

–¿Qué quiere decir?

–Es su amiguito, ¿verdad? –dijo mientras se acercaba a ella–. Vamos, ¿sí o no?

–Ya que lo pregunta, ¡sí, lo es! –respondió desafiante.

Starkwedder la miró y dijo:

–Hay muchas cosas que no me dijo anoche, ¿no es cierto? Por eso cogió su encendedor tan deprisa y dijo que era suyo. –Starkwedder se alejó unos pasos y se volvió hacia ella–. ¿Cuánto tiempo hace que dura esta historia entre ustedes dos?

–Bastante –respondió ella con un hilo de voz.

–¿Nunca pensó en abandonar a Warwick y marcharse con él?

–No. Está la carrera política de Julian, podría arruinarle.

Starkwedder se sentó malhumorado en un extremo del sofá.

–Seguro que no, hoy en día no. ¿No aceptan todos el adulterio con tranquilidad?

–Son circunstancias muy especiales –intentó explicar Laura–. Era amigo de Richard, y tratándose de un inválido...

–Sí, ya veo. Es cierto que no representaría muy buena publicidad para él –replicó Starkwedder.

Laura se acercó al sofá y se quedó de pie, delante de él.

–¿Supongo que piensa que debería habérselo explicado anoche? –comentó con frialdad.

Él apartó los ojos de su mirada.

–No tenía ninguna obligación –murmuró.

Laura pareció tranquilizarse.

–No pensé que importara... –dijo–. Quiero decir... lo único en lo que podía pensar es en que había matado a Richard.

Pareció ganarse de nuevo la simpatía de Starkwedder, pues éste murmuró:

–Entiendo. –Después de una pausa añadió–: Yo tampoco podía pensar en nada más. –Enmudeció de nuevo y después alzó los ojos hacia ella–. ¿Quiere probar un pequeño experimento? ¿Dónde se encontraba ayer cuando disparó a Richard?

–¿Dónde me encontraba? –repitió Laura perpleja.

–Sí, eso he dicho.

Después de pensarlo un momento, ella respondió.

–Allí –señaló los ventanales.

–Acérquese al lugar desde donde disparó –le pidió Starkwedder.

Laura se levantó y comenzó a deambular nerviosa por la habitación.

–No... no lo recuerdo –dijo–. No me pida que lo recuerde. –Parecía asustada.

–Su marido le dijo algo –le recordó Starkwedder–, algo que hizo que usted cogiera la pistola. –Se levantó del sofá y se dirigió a la mesa junto al sillón para apagar el cigarrillo–. Vamos, representemos la escena –continuó–. Allí está la mesa y la pistola –dijo mientras cogía el cigarrillo de Laura y lo depositaba en el cenicero–. Estaban discutiendo y usted cogió la pistola, cójala...

–¡No quiero! –exclamó ella.

–No sea tonta. No está cargada. Vamos, cójala.

Reticente, Laura lo hizo.

–Recuerde que la atrapó con fuerza, no como ahora. La cogió con fuerza y disparó. Muéstreme cómo lo hizo.

Sosteniendo la pistola con torpeza, ella se alejó unos pasos de él.

–Yo... yo –balbuceó.

–Vamos, muéstremelo –ordenó Starkwedder.

Laura intentó apuntar el arma.

–Vamos, ¡dispare! No está cargada.

Mientras Laura seguía titubeando, él le arrebató la pistola.

–¡Me lo imaginaba! –exclamó–. Jamás ha disparado un arma en su vida, no sabe cómo hacerlo. –Con la vista clavada en la pistola agregó–: Usted no disparó a su marido.

–Sí que lo hice –insistió ella.

–No, no lo hizo.

Laura preguntó con tono asustado:

–¿Por qué iba a decir entonces que lo hice yo?

Starkwedder respiró hondo. Se acercó al sofá y se dejó caer en él.

–La respuesta me parece bastante evidente: porque fue Julian Farrar quien le mató.

–¡No! –exclamó ella casi en un grito.

–¡Sí!

–¡No!

–Le digo que sí –insistió él.

–Si fue Julian, ¿por qué diablos iba a decir que lo hice yo?

Starkwedder le dirigió una mirada desapasionada.

–Porque usted pensó, con bastante acierto, que yo la encubriría, y tuvo razón. –Starkwedder se reclinó en el sofá antes de proseguir–. Sí, jugó muy bien conmigo. Pero se acabó, ¿lo entiende? Que me aspen si voy a contar un montón de mentiras para salvar el pellejo del mayor Farrar.

Se hizo un silencio. Laura sonrió y fue hacia la mesa junto al sillón para recoger el cigarrillo. Se volvió hacia Starkwedder y dijo:

–¡Sí que lo hará! ¡Tendrá que hacerlo! ¡Ya le ha dado su versión a la policía! ¡Ahora no puede cambiarla!

–¿Qué? –respondió él perplejo.

Laura se sentó en el sillón.

–Por mucho que sepa o crea saber –puntualizó–, tendrá que ajustarse a su versión. Ahora es usted cómplice, lo dijo usted mismo –explicó.

Starkwedder se levantó y exclamó:

–¡Menuda zorra! –La miró con desprecio sin pronunciar palabra y, girando sobre los talones, se marchó.

Laura le observó avanzar por el jardín. Hizo ademán de seguirle y llamarle, pero cambió de opinión y, con aire abatido, abandonó el estudio por la puerta del pasillo.

12

Ese mismo día, a última hora de la tarde, Julian Farrar caminaba nervioso de un lado a otro del estudio. Las ventanas de la terraza estaban abiertas; el sol, a punto de ocultarse tras el horizonte, proyectaba una luz dorada sobre el jardín. Farrar había sido citado por Laura Warwick, que al parecer necesitaba verle con urgencia. Mientras esperaba, Farrar consultó su reloj repetidas veces.

Con aire disgustado, echó un vistazo a la terraza y después se adentró de nuevo en la habitación, no sin antes mirar de nuevo el reloj. En ese instante vio un periódico sobre la mesa situada junto al sillón y lo cogió. Se trataba de un diario local, *The Western Echo*, que publicaba en primera página un artículo sobre la muerte de Richard Warwick: «Prominente residente local asesinado por un agresor misterioso», rezaba el titular. Farrar se sentó y comenzó a leer el artículo con nerviosismo. Pasados unos minutos, dejó el periódico a un lado, se dirigió a la ventana y, con un último vistazo a la habitación, se adentró en el jardín. Había recorrido la mitad del terreno cuando oyó un ruido a sus espaldas. Dio media vuelta y comenzó a farfullar:

–Laura, lo siento, yo...

Pero se detuvo en seco al comprobar que la persona que venía en su dirección no era Laura Warwick, sino Angell, el asistente del difunto Richard Warwick.

–Señor, la señora Warwick me ha pedido que le comunique que bajará enseguida –dijo Angell–. Pero yo me preguntaba si sería posible hablar un momento con usted.

–Claro. ¿De qué se trata?

Angell se acercó a Julian Farrar y dio unos pasos más alejándose de la casa, como si le preocupara que alguien pudiera oír lo que tenía que decir.

–¿Y bien? –preguntó Farrar al adivinar sus intenciones.

–Señor, siento cierta preocupación sobre mi situación en esta casa y quería consultarlo con usted.

Preocupado por sus propios asuntos, Julian Farrar no estaba interesado en aquello.

–Y bien, ¿cuál es el problema?

Angell reflexionó un momento antes de contestar:

–Con la muerte del señor Warwick, pierdo mi puesto de trabajo.

–Sí, supongo que sí. Pero no creo que tenga dificultad en encontrar otro, ¿verdad?

–Espero que no, señor.

–Usted es un hombre cualificado, ¿no es cierto? –preguntó Farrar.

–Oh, sí. Además, siempre tengo la posibilidad de trabajar en un hospital o en un centro privado, ya lo sé.

–Entonces, ¿qué le preocupa? –indagó Farrar.

–Pues bien, señor, las circunstancias en las que este trabajo ha llegado a su término han sido muy desagradables para mí.

–Hablando en cristiano, no le gusta la idea de haberse visto involucrado en un asesinato. ¿Es eso?

–Podríamos decirlo así, señor –asintió el asistente.

–Pues bien, me temo que nadie puede hacer nada al respecto. De todos modos, supongo que la señora Warwick le dará buenas referencias. –Farrar sacó la pitillera y la abrió.

–No creo que haya ningún problema al respecto, señor –respondió Angell–. La señora Warwick es una persona muy agradable, encantadora, si me permite decirlo.

Farrar, que había decidido esperar a Laura, estaba a punto de regresar a la casa, pero se giró al percibir algo extraño en la actitud del asistente.

–¿Qué quiere decir? –preguntó con voz queda.

–No quisiera causar ninguna molestia a la señora Warwick –respondió Angell con voz melosa.

Antes de replicar, Farrar extrajo un cigarrillo de la pitillera.

–¿Quiere decir que está alargando su estadía por deferencia a ella?

–Es cierto, señor –confirmó Angell–, que la ayudo con los asuntos de la casa, pero no es eso lo que quería decir exactamente. –Guardó silencio un instante antes de continuar–. De hecho, es una cuestión de conciencia, señor.

–¿Qué puñetas quiere decir? –espetó Farrar irritado.

Angell parecía incómodo, pero su voz sonó segura cuando respondió:

–Creo que no se da cuenta de la dificultad de mi situación, señor, al tener que declarar ante la policía, quiero decir. Es mi deber como ciudadano ayudar a la policía en todo lo que me sea posible pero, al mismo tiempo, quisiera permanecer fiel a mis patronos.

Farrar se giró para encender el cigarrillo.

–Habla usted como si hubiese alguna clase de conflicto –comentó.

–Si lo piensa bien, señor, se dará cuenta de que es inevitable. Podríamos decir que se da un conflicto de lealtades.

Farrar lo miró.

–¿Adónde quiere llegar, Angell?

–La policía, señor, no puede evaluar la situación –respondió Angell–. Quizás, y sólo quizás, esta situación pudiera resultar muy importante en un caso como éste. Sabe usted, hace bastante tiempo que padezco insomnio.

–¿Es necesario que hablemos de sus dolencias? –preguntó Farrar.

–Me temo que sí, señor, pues aunque ayer me retiré temprano, fui incapaz de conciliar el sueño.

–Cuánto lo siento –respondió Farrar con acritud–. Pero realmente...

–Verá, señor –continuó Angell, haciendo caso omiso de la interrupción–, dada la ubicación de mi dormitorio en esta casa, he llegado a tener conocimiento de ciertos asuntos de los que quizá la policía no sea plenamente consciente.

–¿Qué intenta decir?

–El difunto señor Warwick –respondió Angell– era un hombre enfermo e inválido. En estas tristes circunstancias, era de esperar que una mujer atractiva como la señora Warwick buscara, ¿cómo diría yo?, otro vínculo en otra parte.

–Así que se trata de eso –dijo Farrar–. Creo que no me agrada su tono, Angell.

–No, señor. Pero no se precipite en su juicio. Si lo piensa bien, quizá comprenda lo difícil que es mi situación, pues poseo una información que, de momento, no he compartido con la policía, pero que quizá sería mi deber hacerlo.

Farrar lo miró con frialdad.

–Creo que lo de ir a la policía es un farol; lo que usted quiere decir es que podría remover el asunto a no ser que... –Se detuvo antes de completar la frase–. ¿A no ser qué?

Angell se encogió de hombros.

–Como usted bien dice, soy enfermero titulado. Pero a veces, mayor Farrar, pienso que me gustaría establecer mi propio negocio, un pequeño centro, no exactamente una clínica sino un lugar en el que pudiera acoger a cinco o seis pacientes. Con la ayuda de un asistente, claro. Seguramente los pacientes serían hombres difíciles de cuidar en casa por sus problemas con el alcohol, ya sabe. Por desgracia, aunque he logrado ahorrar una suma considerable, no es suficiente, y por ello me preguntaba si...

Farrar completó la frase por él:

–Usted se preguntaba si yo, o si yo y la señora Warwick, podríamos ayudarle con su proyecto.

–Sólo me lo preguntaba, señor –respondió Angell con tono dócil–. Sería muy bondadoso por su parte.

–Sí que lo sería, ¿verdad? –respondió Farrar sarcástico.

–Usted ha sugerido, con cierta precipitación –prosiguió Angell–, que amenazaba con remover el asunto, supongo que está pensando en el escándalo. Pero no es ésa mi intención, señor. Jamás soñaría con hacer algo así.

–¿Adónde quiere llegar, Angell? –preguntó Farrar a punto de perder los estribos–. Porque es obvio que pretende llegar a alguna parte.

Angell sonrió con modestia antes de responder. Cuando habló fue con voz queda pero firme:

–Como le decía, señor, anoche no podía dormir; así que estaba tumbado en la cama escuchando el aullido de la sirena de niebla (siempre he pensado que es un sonido muy deprimente), cuando de pronto creí oír una persiana chocando contra una ventana, un ruido muy molesto cuando se intenta conciliar el sueño. Me levanté, miré por la ventana y me pareció que se trataba de la persiana de la despensa, situada casi debajo de la mía.

–¿Y bien?

–Decidí bajar a cerrar la persiana –continuó Angell–. Y cuando lo hacía, oí un disparo. En ese momento no le di mayor importancia, pues pensé: Ya está otra vez el señor Warwick haciendo de las suyas, aunque es imposible que vea nada con esta neblina. Después me dirigí a la despensa y cerré la persiana. No se por qué, pero mientras estaba allí me invadió cierta inquietud. Además, al otro lado de la ventana, oí unos pasos en dirección a la casa.

–Se refiere al camino que lleva a... –le interrumpió Farrar volviendo los ojos en esa dirección.

–Sí, señor –confirmó Angell–. El camino que va desde la terraza, rodea la casa y pasa por delante de las dependencias del servicio. Nadie utiliza ese camino, señor, excepto usted cuando lo toma como atajo para ir a su casa.

El asistente guardó silencio y clavó los ojos en Farrar, quien simplemente respondió:

–Prosiga.

–Como le decía, me sentía un poco inquieto, pensaba que quizás había algún merodeador por la casa, así que no puede imaginarse el alivio que sentí al verle pasar por delante de la ventana de la despensa. Caminaba deprisa, en dirección a su casa.

Farrar guardó silencio y después dijo:

–Realmente no entiendo cuál es el sentido de lo que me explica. ¿Acaso tiene alguno?

Con un carraspeo de disculpa, Angell respondió.

–Sólo me preguntaba, señor, si había usted mencionado a la policía que ayer estuvo aquí visitando al señor Warwick. Si no es así, y suponiendo que me interrogaran de nuevo sobre los acontecimientos de anoche...

Farrar le interrumpió.

–¿Supongo que es consciente de que la pena por chantaje es muy dura? –preguntó con sequedad.

–¿Chantaje, señor? –respondió Angell con aire sorprendido–. No sé qué quiere decir, tan sólo se trata de mi deber para con la policía...

–La policía ya está satisfecha con la identidad de la persona que asesinó al señor Warwick, de hecho a ese tipo sólo le faltó firmar con su nombre, por lo que no es muy probable que vayan a hacerle más preguntas.

–Le aseguro, señor –repuso Angell con tono alarmado–, que sólo quería...

–Sé muy bien que es imposible que reconociera a nadie en la niebla tan espesa de anoche, sólo se ha inventado esta historia para... –Farrar enmudeció al ver que Laura Warwick salía al jardín.

13

–Siento haberte hecho esperar, Julian –se disculpó Laura mientras se acercaba.

Parecía sorprendida de ver a Angell y Julian Farrar conversando.

–Señor, quizá pueda hablar más tarde con usted sobre este pequeño asunto –murmuró Angell antes de marcharse.

Hizo una pequeña reverencia a Laura, cruzó el jardín con paso rápido y viró al llegar a la esquina de la casa.

Laura siguió su marcha y después dijo con apremio:

–Julian, tengo que...

Él le interrumpió.

–¿Por qué has mandado por mí, Laura? –preguntó enfadado.

–Te he estado esperando todo el día –respondió ella sorprendida.

–He estado muy ocupado toda la mañana –repuso él–, y esta tarde he tenido varias reuniones; no puedo dejar esas cosas cuando están tan cerca las elecciones. De todos modos, ¿no crees que sería mejor que no nos viéramos por una temporada?

–Pero necesitamos hablar de varias cosas.

Farrar la tomó del brazo para alejarla de la casa.

–¿Sabes que Angell ha intentado chantajearme?

–¿Angell? –exclamó Laura incrédula.

–Sí, está claro que sabe lo nuestro y también sabe, o al menos dice saber, que estuve aquí anoche.

Ella ahogó un grito.

–¿Quieres decir que te vio?

–Dice que me vio –replicó Farrar.

–Pero es imposible que te viera con esa niebla.

–Me ha contado una historia sobre que bajó a la despensa para cerrar una persiana y que me vio pasar cuando regresaba a casa. También dice que oyó un disparo poco antes pero que no le dio mayor importancia.

–¡Dios mío! ¡Qué horror! ¿Qué vamos a hacer?

Farrar fue a consolarla con un abrazo, pero echó una ojeada a la casa y se abstuvo. Después la observó con detenimiento.

–Todavía no sé qué vamos a hacer, tendremos que pensar en algo.

–No le vas a pagar, ¿verdad?

–No. Si empiezas, es el principio del fin. Pero, por otro lado, ¿qué puede hacerse? –preguntó a la vez que se pasaba la mano por la frente–. Pensé que nadie sabía que estuve aquí anoche, estoy convencido de que mi ama de llaves lo ignora. Pero la cuestión es: ¿es cierto que me vio Angell o sólo finge haberme visto?

–¿Qué sucederá si acude a la policía? –preguntó Laura con voz temblorosa.

–No sé. Tenemos que pensar, pensar con cuidado. –Comenzó a caminar de un lado a otro–. Podríamos ignorarle aduciendo que es un farol y que está mintiendo, que yo jamás salí de casa anoche.

–Pero están las huellas dactilares –objetó Laura.

–¿Qué huellas?

–Te has olvidado de las huellas de la mesa –le recordó ella–. La policía cree que son de MacGregor, pero si Angell les cuenta esta historia, querrán tomar tus huellas, y entonces...

–Ya –masculló Farrar–. Bien, pues entonces tendré que reconocer que estuve aquí e inventarme alguna historia, que vine para ver a Richard y que conversamos...

–Podrías decir que se encontraba en perfecto estado cuando te marchaste.

Farrar la miró sin afecto alguno.

–¡Qué fácil haces que parezca todo! –replicó–. ¿De verdad puedo decir eso? –añadió sarcástico.

–¡Tendrás que decir algo! –respondió Laura a la defensiva.

–Sí, que apoyé la mano cuando me incliné a ver... –Tragó saliva al revivir la escena.

–Siempre y cuando piensen que las huellas son de MacGregor –dijo Laura.

–¡MacGregor! ¡MacGregor! –espetó él furioso–. ¿Qué demonios te hizo sacar ese mensaje del periódico y ponerlo sobre el cuerpo de Richard? ¿No estabas corriendo un gran riesgo?

–Sí... no... ¡No lo sé! –chilló Laura confundida.

Farrar la contempló con desprecio.

–Teníamos que pensar en algo –suspiró Laura–. Yo... yo no podía pensar. Fue idea de Michael.

–¿Michael?

–Michael Starkwedder.

–¿Quieres decirme que él te ayudó? –preguntó Farrar incrédulo.

–¡Sí, lo hizo! Por eso quería verte, para explicarte...

Farrar se acercó a Laura y mascculló:

–¿Qué tiene que ver ese Michael –enfatizó el nombre de pila de Starkwedder–, ese Michael Starkwedder en todo esto?

–Entró y me encontró allí, con la pistola en la mano y...

–¡Dios Santo! –exclamó él al tiempo que se apartaba de ella–. Y de alguna manera le convenciste de que...

–Creo que él me convenció a mí –murmuró ella con tristeza mientras daba un paso hacia Farrar–. ¡Oh, Julian!

Laura estaba a punto de rodearle el cuello con los brazos, pero él la apartó.

–Ya te lo he dicho, haré todo lo que pueda –le aseguró–. No creas que no, pero...

Laura le observó.

–Has cambiado –comentó con voz queda.

–Lo siento, pero es que no puedo sentir lo mismo –reconoció Farrar, desesperado–. Después de lo sucedido, no puedo sentir lo mismo.

–Yo sí. Al menos eso creo. No importa lo que hayas hecho, Julian, siempre sentiré lo mismo.

–Nuestros sentimientos no importan ahora –dijo Farrar–. Tenemos que ajustarnos a los hechos.

Ella le miró.

–Lo sé. Dije a Starkwedder que yo... bueno, ya sabes, que fui yo.

Farrar la contempló con incredulidad.

–¿Le dijiste eso a Starkwedder?

–Sí.

–¿Y estuvo de acuerdo en ayudarte? ¿Un extraño? ¡Ese hombre debe de estar loco!

–Sí, quizás esté un poco loco, pero fue reconfortante tenerle allí.

–¡Así que no hay hombre que se te resista! ¿Se trata de eso? –exclamó Farrar, y se giró. Después se volvió hacia Laura de nuevo–. De todos modos, un asesinato...

Enmudeció al tiempo que sacudía la cabeza.

–Intentaré no pensar en ello –contestó ella–. No fue premeditado, Julian, fue un impulso –agregó con tono casi suplicante.

–No es necesario que hablemos más de ello. Ahora tenemos que pensar en lo que vamos a hacer.

–Ya lo sé, están tus huellas y el encendedor.

–Sí –recordó Farrar–, debió de caerse cuando me incliné sobre el cuerpo.

–Starkwedder sabe que es tuyo –dijo Laura–. Pero no puede hacer nada al respecto, ahora ya se ha comprometido y no puede cambiar su versión de los hechos.

Farrar la observó un instante. Cuando habló de nuevo fue con cierto tono heroico:

–Llegado el caso, Laura, yo asumiré la culpa –le aseguró.

–¡No, no quiero que hagas eso! –exclamó ella y le agarró el brazo, pero lo soltó tras lanzar una ojeada nerviosa a la casa–. ¡No quiero que lo hagas! –repitió.

–No creas que no entiendo cómo sucedió –dijo Farrar–. Cogiste la pistola y le disparaste sin saber lo que hacías, y...

Laura ahogó un grito.

–¿Qué? ¿Acaso pretendes que diga que le maté yo? –espetó.

–En absoluto –respondió Farrar con aire avergonzado–. Ya te he dicho que estoy dispuesto a asumir la culpa si fuera necesario.

Laura sacudió la cabeza, perpleja.

–Pero si decías que sabías cómo había ocurrido...

Él la observó.

–Escucha, no creo que fuera un acto deliberado ni premeditado. Sé que no lo fue, sé que le disparaste porque...

Laura le interrumpió:

–¿Que yo le disparé? ¿Realmente crees que yo le disparé?

Farrar se dio la vuelta al tiempo que exclamaba:

–¡Dios mío! Va a ser imposible, ni siquiera somos capaces de ser honestos con nosotros mismos.

Laura parecía desesperada. Intentó tranquilizarse antes de replicar con énfasis:

–¡Yo no le disparé y tú lo sabes!

Hubo un silencio. Él se volvió lentamente hacia ella.

–Entonces ¿quién lo hizo? –preguntó. De pronto lo comprendió y añadió–: ¡Laura! No estarás diciendo que yo le maté.

Se encontraban frente a frente. Guardaron silencio durante un instante. Luego Laura dijo:

–Oí el disparo, Julian. –Respiró hondo antes de continuar–. Oí el disparo y tus pasos mientras te alejabas por el camino. Bajé, y allí estaba Richard, muerto.

Pasado un instante, Farrar respondió con suavidad:

–Laura, yo no le maté. –Alzó la vista al cielo como en busca de inspiración y después clavó los ojos en ella–. Vine para hablar con Richard –explicó–, para decirle que después de las elecciones tendríamos que llegar a algún acuerdo sobre el divorcio. Oí un disparo poco antes de llegar, pensé que se trataba de uno de los juegos de Richard, como siempre. Entré, y allí estaba, muerto. El cuerpo todavía estaba caliente.

Ella le miró perpleja.

–¿Caliente? –repitió.

–No llevaba más de uno o dos minutos muerto. Como es natural, pensé que le habías matado tú, ¿quién más podía haber sido?

–No lo comprendo –murmuró ella.

–Supongo... supongo que pudo ser un suicidio –aventuró Farrar, pero Laura le interrumpió.

–No, no pudo ser, porque...

Enmudeció al oír los gritos exaltados del joven Jan en el interior de la casa.

14

Farrar y Laura corrieron hacia la casa y casi chocaron con Jan cuando salió por la contraventana de la terraza.

–¡Laura! –gritó mientras le empujaba hacia la biblioteca–. Laura, ahora que Richard ha muerto, todas sus pistolas, rifles y cosas así me pertenecen, ¿verdad? Quiero decir, yo soy su hermano, soy el hombre de la familia.

Julian Farrar les siguió a la biblioteca, se acercó al sillón y se sentó en el brazo mientras Laura trataba de tranquilizar a Jan, que no cesaba de quejarse.

–Benny no me deja coger las pistolas, las ha guardado con llave en el armario de allá arriba. –Señaló con un gesto hacia la puerta–. Pero son mías, estoy en mi derecho. Dile que me dé la llave.

–Escucha, Jan, cariño –comenzó Laura, pero Jan no quería ser interrumpido.

Se dirigió rápido hacia la puerta y dio media vuelta gritando:

–Me trata como a un niño. Todos me tratan como a un niño, pero soy un hombre. Tengo diecinueve años, soy casi mayor de edad. –Abrió los brazos como si intentara abarcar sus pistolas–. Todas las cosas de Richard me pertenecen. Haré lo mismo que él, dispararé contra las ardillas, los pájaros y los gatos. –Rió histérico–. Quizá dispare también contra las personas que no me gustan.

–No debes excitarte, Jan –le advirtió Laura.

–No estoy excitado –respondió enfurruñado–. Pero no voy a dejar que... que me victimicen. Ahora soy el señor de la casa y todos harán lo que yo diga. –Se detuvo un instante y después se dirigió a Farrar–: Yo también podría ser juez de paz si quisiera, ¿verdad, Julian?

–Todavía eres demasiado joven para eso –contestó Farrar.

Jan se encogió de hombros y se volvió hacia Laura.

–Todos me tratáis como a un niño –volvió a lamentarse–. Pero ahora que Richard ha muerto ya no podéis. –Fue hasta el sofá, se sentó y se cruzó de piernas–. Además, supongo que ahora también soy rico, ¿verdad? Esta casa me pertenece, nadie puede mandarme, ahora mandaré yo. No dejaré que la tonta de Benny me diga lo que tengo que hacer, si Benny intenta darme órdenes, yo... ¡yo ya sé lo que haré!

Laura se acercó a él.

–Jan, cariño –susurró con dulzura–, éste es un momento muy difícil para todos, y las cosas de Richard no pertenecerán a nadie hasta que vengan los abogados, lean el testamento y lo autentifiquen. ¿Lo comprendes?

La voz de Laura tuvo un efecto balsámico y tranquilizador sobre Jan. El joven la miró, le rodeó la cintura con los brazos y apoyó la cabeza en su regazo.

–Comprendo lo que dices, Laura –dijo–. Te quiero, Laura. Te quiero mucho.

–Sí, cariño –murmuró ella con dulzura–. Yo también te quiero.

–Estás contenta de que Richard haya muerto, ¿verdad? –preguntó Jan de repente.

Sorprendida, ella respondió:

–No, claro que no.

–Sí que lo estás –replicó él, astuto–. Ahora podrás casarte con Julian.

Laura lanzó una rápida mirada a Julian, que se puso en pie mientras Jan continuaba hablando.

–Sé que hace mucho tiempo que quieres casarte con Julian. Todos piensan que no me doy cuenta de las cosas, o que no sé nada, pero no es así. Ahora estáis bien, la situación se ha arreglado y estáis contentos. Estáis contentos porque... –Calló al oír la voz de la señorita Bennett en el pasillo llamándolo.

Jan rió.

–¡Benny, tonta! –gritó mientras daba saltos en el sofá.

–Pórtate bien con Benny –le reprendió Laura mientras le ayudaba a ponerse en pie–. Está muy preocupada por todo –añadió mientras lo acompañaba hasta la puerta–. Tienes que ayudar a Benny, Jan, porque ahora eres el hombre de la familia.

Jan abrió la puerta, miró a Laura y después a Julian.

–De acuerdo, de acuerdo –prometió con una sonrisa–. Lo haré. –Abandonó la habitación, cerró la puerta tras de sí y comenzó a gritar–: ¡Benny!

Laura se volvió hacia Farrar, que se acercó a ella.

–No tenía ni idea de que supiera lo nuestro –exclamó ella.

–Ése es el problema con las personas como Jan. Nunca sabes cuánto saben. Es muy... quiero decir... se altera muy rápido, ¿verdad?

–Sí, se pone nervioso muy rápido –reconoció Laura–. Pero ahora que no está Richard para burlarse de él, se tranquilizará, será más normal, estoy segura.

Farrar parecía dudoso.

–No lo sé –comenzó, pero se detuvo al entrar Starkwedder por la contraventana de la terraza.

–Hola –dijo con tono alegre.

–Hola –respondió Farrar titubeante.

–¿Cómo va todo? ¿Felices como perdices? –preguntó Starkwedder mientras los contemplaba. Sonrió–: Ya veo, dos son compañía y tres son multitud. No debería haber entrado por la contraventana así, un caballero se hubiera dirigido a la puerta principal y hubiera llamado al timbre, ¿no es así? Pero, saben, yo no soy ningún caballero.

–Por favor... –comenzó Laura, pero Starkwedder la interrumpió.

–De hecho –explicó–, he venido por dos razones. En primer lugar, para despedirme, ya han verificado mis antecedentes y las altas esferas de Abadan han confirmado que soy un hombre bueno y honesto. Así que ya soy libre de marcharme.

–Siento que se vaya tan pronto –dijo Laura.

–Muy amable por su parte –respondió Starkwedder con cierta acritud–, sobre todo si se tiene en cuenta la manera en que me he entrometido en este asesinato familiar. –Contempló a Laura un instante y después se acercó a la silla del escritorio–. Pero he entrado por la contraventana por otra razón. La policía me ha acompañado en su coche y, aunque no se mostraron muy comunicativos, creo que se traen algo entre manos.

Laura ahogó un grito de consternación.

–¿La policía ha vuelto?

–Sí –confirmó Starkwedder.

–Pero pensé que ya habían acabado esta mañana.

Starkwedder le dirigió una mirada astuta.

–¡Por eso digo que se traen algo entre manos! –exclamó.

Laura y Farrar se acercaron al oír unas voces en el pasillo. La puerta se abrió y entró la madre de Richard Warwick, muy erguida y dueña de sí misma, a pesar de seguir caminando con ayuda de un bastón.

–¡Benny! –exclamó por encima del hombro antes de dirigirse a Laura–. ¡Ah! Estás aquí, Laura. Te estábamos buscando.

Farrar se aproximó a la señora Warwick y la ayudó a sentarse en el sillón.

–Qué amable por tu parte volver a pasar por aquí, Julian, con lo ocupado que estás –comentó.

–Hubiera venido antes, señora Warwick –respondió Farrar–, pero hoy ha sido un día especialmente ajetreado. Si puedo hacer algo para ayudar...

Enmudeció al entrar en el estudio la señorita Bennett seguida del inspector Thomas.

El policía, que se detuvo en el centro de la habitación, llevaba un maletín en la mano. Starkwedder se sentó en la silla del escritorio y encendió un cigarrillo mientras el sargento Cadwallader entraba acompañado de Angell.

–No encuentro al joven Warwick, señor –dijo el sargento al inspector mientras se acercaba a los ventanales de la terraza.

–Está fuera en algún lugar, ha salido a dar un paseo –anunció la señorita Bennett.

–No importa –dijo el inspector.

Observó a todos los presentes. Su actitud había cambiado y ahora mostraba cierta severidad.

Después de esperar un momento a que hablara, la señora Warwick preguntó con frialdad:

–¿Debo suponer que tiene más preguntas que hacer, inspector Thomas?

–Sí, señora Warwick, me temo que sí.

La voz de la señora Warwick sonó cansada cuando preguntó:

–¿Todavía no tiene noticias de ese MacGregor?

–Al contrario –respondió el inspector.

–¿Lo han encontrado? –preguntó la señora Warwick, ansiosa.

–Sí.

Todos reaccionaron con manifiesta agitación. Laura y Farrar se mostraron incrédulos mientras que Starkwedder se volvió hacia el inspector.

La voz severa de la señorita Bennett rasgó el silencio:

–Entonces, ¿le han arrestado?

El inspector la miró antes de responder.

–Creo que eso es imposible, señorita Bennett.

–¿Imposible? –exclamó–. Pero ¿por qué?

–Porque está muerto –respondió el inspector con voz seca.

15

El anuncio del inspector Thomas fue recibido con un silencio atónito. Laura susurró con voz titubeante y temerosa:

–¿Qué ha dicho?

–He dicho que ese MacGregor ha muerto.

Todos emitieron un grito de sorpresa. El inspector inició la explicación:

–John MacGregor murió en Alaska hace más de dos años, poco después de regresar de Inglaterra a Canadá.

–¡Muerto! –exclamó Laura, incrédula.

En ese momento Jan cruzó la terraza y desapareció de vista.

–Esto lo cambia todo, ¿no es así? –continuó el inspector–. No fue John MacGregor quien colocó esa nota de venganza sobre el cadáver del señor Warwick. Pero es obvio, ¿no creen?, que la dejó alguien que conocía la historia de MacGregor y del accidente en Norfolk. –Se acercó al escabel y colocó el maletín encima–: Lo cual nos limita, de forma definitiva, a alguna persona de esta casa.

–¡No! –protestó la señorita Bennett al tiempo que se acercaba al inspector–. ¿No pudo haber sido...?

–¿Sí, señorita Bennett? –la instó el inspector y esperó un instante, pero ella se vio incapaz de continuar.

Desesperada, se alejó hacia los ventanales.

El inspector centró su atención en la madre de Richard Warwick.

–Como usted comprenderá –dijo intentando mostrarse compasivo–, esto cambia las cosas.

–Sí, por supuesto –respondió ella antes de ponerse en pie–. ¿Me necesita para algo más, inspector?

–De momento no, señora Warwick.

–Gracias –murmuró ella mientras se dirigía a la puerta que Angell se apresuró a abrirle.

Julian Farrar también se incorporó para acompañarla, luego regresó y se colocó pensativo detrás del sillón. Mientras tanto, el inspector Thomas había abierto el maletín y extrajo una pistola.

Angell seguía a la señora Warwick cuando el inspector le llamó con tono imperioso:

–¡Angell!

Sobresaltado, el asistente regresó al estudio y cerró la puerta.

–¿Sí, señor? –respondió.

El inspector se acercó a él llevando en la mano lo que era sin duda el arma del crimen.

–Es acerca de esta pistola; esta mañana no estaba seguro, pero ¿puede o no puede decir con certeza si pertenecía al señor Warwick?

–No quisiera equivocarme, inspector –respondió Angell–. Tenía muchas pistolas.

–Se trata de una pistola europea –le informó el inspector mostrándole el arma–, supongo que es un recuerdo de alguna parte.

Jan volvió a cruzar desapercibido la terraza en dirección contraria con una pistola que intentaba ocultar.

Angell echó un vistazo a la pistola que el inspector tenía en la mano.

–El señor Warwick poseía algunas pistolas extranjeras, señor –dijo–. Pero él mismo se ocupaba de sus armas y no dejaba que yo las tocara.

El inspector se volvió hacia Farrar.

–Mayor –dijo–, seguramente usted tiene recuerdos de la guerra. ¿Le dice algo esta arma?

Farrar lanzó un rápido vistazo a la pistola.

–No, me temo que no.

El inspector introdujo de nuevo el arma en el maletín.

–El sargento Cadwallader y yo –anunció volviéndose hacia los presentes– queremos examinar la colección de armas del señor Warwick. Creo entender que tenía licencia para la mayoría.

–¡Oh, sí! –le aseguró Angell–. Las licencias se encuentran en uno de los cajones de su dormitorio, y todas las pistolas y el resto de las armas están en el armario de las armas.

El sargento Cadwallader se acercó a la puerta, pero la señorita Bennett le impidió abandonar la habitación.

–Un momento. Querrá usted la llave del armario –dijo al tiempo que sacaba una del bolsillo.

–¿Lo ha cerrado con llave? –inquirió el inspector–. ¿Por qué?

La respuesta de la señorita Bennett fue igual de lacónica:

–Creo que esa pregunta es innecesaria. Tantas armas, y la munición... es muy peligroso, todo el mundo lo sabe.

El sargento disimuló una sonrisa. Tomó la llave

que le tendió la gobernanta, se dirigió a la puerta y se detuvo en el umbral por si el inspector deseaba acompañarle. Disgustado por el comentario de la señorita Bennett, el inspector agregó:

–Necesito hablar con usted de nuevo, Angell.

Dicho esto, cogió el maletín, abandonó la habitación seguido por el sargento y dejó la puerta abierta para Angell.

Sin embargo, el asistente no le siguió de inmediato sino que, después de lanzar una mirada nerviosa a Laura, que estaba sentada con los ojos clavados en la puerta, se acercó a Farrar y murmuró:

–Sobre ese pequeño asunto, señor. Estoy impaciente por arreglarlo pronto...

Con voz entrecortada, Farrar respondió:

–Creo... creo que podré hacer algo al respecto.

–Gracias, señor –contestó Angell con una leve sonrisa–. Muchas gracias.

El asistente estaba a punto de trasponer la puerta cuando Farrar le dijo con tono autoritario:

–¡No! Espere un momento, Angell.

El asistente se volvió hacia él y Farrar gritó:

–¡Inspector Thomas!

Hubo una pausa tensa. Un momento más tarde, el inspector apareció por la puerta con el sargento detrás:

–¿Sí, señor Farrar?

Farrar adoptó una actitud distendida al tiempo que se acercaba al sillón.

–Antes de que empiece con las preguntas rutinarias –comentó–, hay algo que debería haberle dicho. De hecho, hubiera tenido que mencionárselo esta mañana, pero estábamos todos tan consternados... La señora Warwick acaba de informarme de que desean identificar unas huellas dactilares. Aquí, en la mesa, me parece que dijo; pues bien, con toda probabilidad serán mías.

Hubo un silencio. El inspector se acercó a Farrar lentamente antes de preguntarle:

–¿Estuvo usted aquí anoche, mayor Farrar?

–Sí. Vine a conversar con Richard después de cenar, como suelo hacer a menudo.

–¿Y le encontró...?

–Le encontré muy malhumorado y depresivo, así que no me quedé mucho tiempo.

–¿A qué hora fue eso? –preguntó el inspector.

Farrar reflexionó un instante y luego respondió:

–No me acuerdo, quizá a las diez, o a las diez y media.

El inspector le observó.

–¿Podría ser un poco más preciso? –inquirió.

–Lo siento, pero no –fue la respuesta de Farrar.

Después de un silencio ligeramente tenso, el inspector preguntó con un tono que pretendía ser indiferente.

–¿Supongo que no discutirían acaloradamente?

–No, por supuesto que no –respondió Farrar. Después consultó su reloj y agregó–: Tengo que asistir a una reunión en el ayuntamiento y no puedo retrasarme. –Dio media vuelta y se dirigió a la contraventana–. Así que, si no le importa... –dijo al llegar a la terraza.

–No puede hacer esperar a los del ayuntamiento –convino el inspector mientras se acercaba a él–. Pero estoy seguro de que entenderá, mayor Farrar, que me gustaría tener una declaración completa sobre sus movimientos de anoche. Quizá podamos hacerlo mañana por la mañana. –Hizo una pausa antes de proseguir–: Se dará cuenta, claro, de que no tiene obligación alguna de declarar, que es un acto plenamente voluntario por su parte, y que tiene derecho a exigir la presencia de su abogado.

La madre de Richard Warwick había entrado de nuevo en la habitación, pero permaneció en silencio mientras escuchaba las últimas palabras del inspector. Farrar contuvo el aliento al asimilar las palabras que acababa de pronunciar el inspector.

–Lo comprendo, perfectamente –dijo–. ¿Qué le parece mañana a las diez? Mi abogado estará presente.

Farrar salió por la terraza y el inspector se volvió hacia Laura Warwick.

–¿Vio al mayor Farrar cuando vino aquí anoche? –le preguntó.

–Yo, yo... –comenzó ella titubeante, pero Starkwedder acudió en su ayuda.

–No creo que a la señora Warwick le apetezca contestar ninguna pregunta ahora mismo –manifestó al inspector.

16

Starkwedder y el inspector Thomas se miraron en silencio durante un instante. A continuación, habló éste:

–¿Qué ha dicho usted, señor Starkwedder? –preguntó.

–He dicho que no creo que a la señora Warwick le apetezca contestar más preguntas por el momento.

–¿De verdad? ¿Acaso es asunto suyo?

La madre de Richard Warwick se unió a la discusión.

–El señor Starkwedder tiene razón –terció.

El inspector se volvió hacia Laura con expresión inquisidora. Pasados unos instantes, ésta murmuró:

–No, no quiero responder más preguntas ahora mismo.

Satisfecho, Starkwedder sonrió al inspector, el cual dio media vuelta y abandonó la habitación acompañado del sargento. Angell les siguió y cerró la puerta detrás de sí. En ese momento Laura dijo:

–Pero debería hablar, debo... debo decirles.

–El señor Starkwedder tiene razón, Laura –la interrumpió la señora Warwick–. Cuanto menos digas ahora, mejor. –Caminó unos pasos por la habitación apoyándose en el bastón antes de añadir–: Debemos ponernos en contacto con el señor Adams de inmediato. –Se volvió hacia Starkwedder y explicó–: Es nuestro abogado. –Miró a la señorita Bennett–. Llámale ahora, Benny.

La señorita Bennett asintió y se acercó al teléfono, pero la señora Warwick la detuvo.

–No; utiliza el supletorio de arriba –le indicó y agregó–: Laura, acompáñala.

Laura se puso en pie titubeante y lanzó una mirada confusa a su suegra. Pero ésta meramente dijo:

–Quiero hablar con el señor Starkwedder.

–Pero... –protestó Laura, aunque la señora Warwick la interrumpió.

–No te preocupes, querida, haz lo que te digo.

Laura dudó un instante, pero luego salió al pasillo seguida de la señorita Bennett, que cerró la puerta tras de sí. La señora Warwick se acercó a Starkwedder.

–No sé de cuánto tiempo disponemos –dijo deprisa al tiempo que lanzaba una mirada a la puerta–. Quiero que me ayude.

Él se sorprendió.

–¿Cómo? –preguntó.

–Usted es un hombre inteligente, y un extraño. Ha llegado a nuestras vidas desde el exterior, no sabemos nada de usted, no tiene nada que ver con ninguno de nosotros.

Starkwedder asintió.

–La visita inesperada, ¿eh? –murmuró. Se sentó en un brazo del sofá–. Ya me lo han dicho antes –comentó.

–Como es usted un extraño –prosiguió ella–, voy a pedirle que haga algo por mí.

Salió a la terraza y miró en ambas direcciones.

Pasado un instante, Starkwedder dijo:

–Sí, ¿señora Warwick?

Mientras entraba en la habitación, ella comenzó a hablar con tono apremiante.

–Hasta esta noche había una explicación razonable para esta tragedia. Un hombre al que mi hijo había hecho daño al matar accidentalmente a su hijo había venido a vengarse. Sé que suena melodramático pero, después de todo, cosas así se leen en los periódicos.

–Si usted lo dice –comentó él mientras se preguntaba adónde conducía esa conversación.

–Pero me temo que ahora ya no existe esa explicación, con lo cual el asesinato de mi hijo vuelve a la familia. –Se acercó al sillón–. Hay dos personas que no pueden haber disparado a mi hijo y ésas son su mujer y la señorita Bennett, pues estaban juntas cuando se produjo el disparo.

Starkwedder le lanzó una fugaz mirada y dijo «Vaya».

–No obstante –añadió la señora Warwick–, a pesar de que Laura no pudo haber matado a su marido, puede saber quién fue.

–Eso la convertiría en cómplice. Ella y ese Julian Farrar, ¿a eso se refiere?

Ella torció el gesto.

–No –respondió. Se alejó del sillón y lanzó otra mirada a la puerta antes de agregar–: Julian Farrar no disparó a mi hijo.

Starkwedder se levantó del brazo del sofá.

–¿Cómo puede saberlo? –preguntó.

–Lo sé –contestó la señora Warwick mientras se alejaba unos pasos de él para luego volverse–. Voy a contarle a usted, un extraño, algo que nadie de mi familia sabe: soy una mujer a la que no le queda mucho tiempo de vida.

–Lo siento –comenzó Starkwedder, pero ella levantó la mano para interrumpirle–. No se lo digo para que me compadezca, sino para explicar algo que, en caso contrario, sería difícil de explicar. Hay veces en las que uno elige una línea de acción que no elegiría si le quedaran varios años de vida.

–¿Por ejemplo? –preguntó Starkwedder.

Ella le observó.

–En primer lugar, tengo que explicarle otra cosa, señor Starkwedder, debo contarle algo sobre mi hijo. –La señora Warwick se sentó en el sofá–. Yo quería mucho a mi hijo; de niño y durante su juventud tenía muchas virtudes. Tenía éxito, era ingenioso, valiente, de carácter alegre, era una gran compañía. –Se detuvo como si estuviera recordando–. Tengo que reconocer que también tenía los defectos asociados con esas cualidades: le frustraban las limitaciones, los obstáculos. Tenía una veta cruel y una especie de arrogancia fatal. Todo funcionaba bien siempre y cuando tuviera éxito, pero su carácter no le permitía enfrentarse a las adversidades, y hacía tiempo que yo venía observando su declive.

Starkwedder se sentó en el escabel frente a ella.

–Si dijera que se había convertido en un monstruo –prosiguió la madre de Richard Warwick–, parecería una exageración, pero de alguna forma lo era, un monstruo egoísta, orgulloso y cruel. Como él había sufrido, sentía necesidad de hacer sufrir a los demás. –En su voz había amargura–. Así que todos comenzaron a sufrir por su culpa, ¿me comprende?

–Creo que sí –murmuró él.

La voz de la señora Warwick volvió a dulcificarse cuando continuó.

–Pues bien, tengo mucho cariño a mi nuera, es una chica de gran espíritu, bondadosa y fuerte. Richard la deslumbró, pero no sé si realmente se enamoró de él. De todos modos, he de reconocer que hizo todo lo que una esposa podía hacer para que la enfermedad e inactividad de Richard fueran soportables.

Reflexionó un instante antes de continuar con voz triste:

–Pero Richard no quería su ayuda, la rechazaba. A veces pienso que incluso la odiaba, quizá sea eso más natural de lo que pensamos. Así que creo que me entenderá cuando le diga que al final sucedió lo inevitable: Laura se enamoró de otro hombre.

Starkwedder la observó con atención.

–¿Por qué me cuenta todo esto? –preguntó.

–Porque es usted un extraño –respondió ella–. Todos estos amores, odios y tribulaciones no significan nada para usted, así que puede escuchar sin verse afectado.

–Quizá.

Como si no le hubiera oído, ella prosiguió.

–Así que se llegó a un punto en el que parecía que la única manera de resolver todas las dificultades era con la muerte de Richard.

Starkwedder continuó observándola con atención.

–Así que ¿la muerte de Richard era conveniente? –murmuró.

–Sí.

Hubo un silencio. Entonces Starkwedder se incorporó, rodeó el escabel y se acercó a la mesa para apagar el cigarrillo.

–Perdóneme si soy tan directo, señora Warwick –se disculpó–, pero ¿acaso se está confesando autora de un asesinato?

17

La señora Warwick guardó silenció unos instantes antes de responder con tono brusco:

–Voy a hacerle una pregunta, señor Starkwedder. ¿Puede entender que una persona que haya concebido una vida se sienta con el derecho de acabar con esa vida?

Starkwedder se paseó por la habitación pensando en esas palabras hasta que finalmente declaró:

–Se conocen casos de madres que han matado a sus hijos, sí, pero suele ser por alguna razón sórdida (un seguro, por ejemplo) o quizá tienen ya dos o tres hijos y no quieren los problemas de otro niño. –Se volvió hacia ella–: ¿Le beneficia económicamente la muerte de Richard?

–No.

Starkwedder asintió.

–Disculpe mi franqueza –comenzó, pero la señora Warwick le interrumpió al preguntar con aspereza:

–¿Comprende lo que intento decirle?

–Creo que sí. Dice que es posible que una mujer mate a su hijo. –Se dirigió al sofá y se inclinó sobre él–. Y usted me está diciendo, para ser más exactos, que mató a su hijo. ¿Es sólo una teoría? ¿Debo entender que se trata de un hecho?

–No estoy confesando nada –respondió la señora Warwick–. Simplemente estoy mostrándole cierto punto de vista. Es posible que surja una emergencia cuando yo ya no esté aquí para solucionarla. Si ello sucediera, quiero que tenga esto y que lo utilice.

Sacó un sobre del bolsillo y se lo tendió.

Starkwedder lo tomó no sin puntualizar:

–Todo esto me parece muy bien, pero yo tampoco estaré aquí. Regreso a Abadan para continuar con mi trabajo.

Ella hizo un ademán, como si considerara insignificante la objeción.

–Supongo que no estará desconectado de la civilización –comentó–. Habrá periódicos, radio y otras cosas en Abadan.

–Sí –convino–, disponemos de todos esos lujos occidentales.

–Entonces guarde ese sobre. ¿Ve a quién está dirigido?

Él echó un vistazo.

–Al comisario. –Se acercó al sillón–. Pero no tengo muy claro qué tiene usted en mente. Para ser mujer, sabe guardar muy bien un secreto porque, o bien cometió el asesinato usted misma o sabe quién lo hizo. Se trata de eso, ¿verdad?

Ella apartó la mirada al responder:

–No es mi intención discutir este asunto.

Él se sentó en el sillón.

–Aun así –insistió–, me gustaría saber qué tiene en mente.

–Me temo que no se lo voy a decir. Como usted bien dice, soy una mujer que sabe guardar bien un secreto.

Starkwedder decidió cambiar de táctica y dijo:

–El asistente, el hombre que cuidaba de su hijo...

Hizo una pausa como si intentara recordar su nombre.

–Angell –le dijo la señora Warwick–. ¿Qué sucede con él?

–¿Es de su agrado?

–No, la verdad es que no –respondió–. Pero es eficiente, y Richard no era una persona fácil de tratar.

–Supongo que no. Pero Angell lo soportaba todo, ¿no es así?

–Le valía la pena –fue la seca respuesta de la señora Warwick.

Starkwedder se incorporó y comenzó a pasearse por el estudio. Después se volvió hacia la señora Warwick para obtener más información.

–¿Tenía Richard algo contra él?

–¿Algo contra él? ¿Qué quiere decir? Ah, ya veo; ¿me pregunta si Richard sabía algo que pudiera perjudicar a Angell?

–Sí, eso quiero decir. ¿Tenía algún tipo de control sobre él?

La señora Warwick reflexionó un instante antes de responder:

–No, creo que no.

–Me estaba preguntando...

–Se pregunta si Angell mató a mi hijo. Lo dudo, lo dudo mucho.

–Ya veo que no le convence esta teoría –comentó él–. Es una lástima, pero así es.

La señora Warwick se puso en pie:

–Gracias, señor Starkwedder, ha sido usted muy amable. –Y le tendió la mano.

Divertido por su actitud brusca, él le estrechó la mano. A continuación se acercó a la puerta y la abrió. La señora Warwick salió por ella y Starkwedder la cerró. Con una sonrisa, se dirigió al escabel. Vaya, ¡que me zurzan!, pensó mientras contemplaba el sobre de nuevo. ¡Menuda mujer!

La señorita Bennett entró en el estudio. Starkwedder introdujo apresurado el sobre en un bolsillo mientras ella cerraba la puerta tras de sí y se acercaba al sofá. Parecía disgustada y preocupada.

–¿Qué le ha contado? –preguntó.

Sorprendido, él intentó ganar tiempo.

–¿Qué quiere decir? –respondió.

–La señora Warwick, ¿qué le ha dicho?

A fin de evitar una respuesta directa, Starkwedder simplemente respondió:

–Parece disgustada.

–Claro que lo estoy –replicó–. Sé de lo que esa mujer es capaz.

Starkwedder miró al ama de llaves con detenimiento antes de preguntar:

–¿De qué es capaz? ¿De asesinato?

La señorita Bennett dio un paso en su dirección.

–¿Es eso lo que ha intentado que usted creyera? Pues no es cierto.

–Bueno, uno nunca puede estar seguro; después de todo, podría ser verdad.

–Pero no es así –insistió ella.

–¿Cómo puede saberlo?

–Lo sé. ¿Acaso cree que hay algo que yo no sepa de las personas de esta casa? Hace años que trabajo para ellos –se sentó en el sillón–, y los aprecio mucho a todos.

–¿Incluido el difunto Richard Warwick?

La señorita Bennett parecía ensimismada, pero contestó.

–Solía apreciarle... hace tiempo.

Hubo un silencio. Starkwedder, sentado en el escabel, la contempló antes de murmurar:

–Prosiga.

–Cambió –dijo ella–. Se le torció el carácter, cambió totalmente, a veces podía ser un demonio.

–Sí, parece que todos están de acuerdo en eso.

–Pero si le hubiera conocido antes...

Starkwedder la interrumpió:

–Sabe, yo no creo que las personas cambien.

–Richard sí –insistió ella.

–No es así –le contradijo él. Se puso en pie y comenzó a pasearse por la habitación–. Creo que se equivoca, estoy convencido de que siempre tuvo un demonio en su interior. Yo diría que era una de esas personas que necesitaba ser feliz y tener éxito, porque si no era así... Esas personas esconden su verdadera personalidad todo el tiempo que sea necesario hasta conseguir lo que quieren pero, en el fondo, esa veta mezquina siempre está allí. –Se volvió hacia la señorita Bennett–. Apostaría a que su crueldad siempre estuvo allí. Seguramente era un bravucón en el colegio. Resultaba atractivo para las mujeres, como es natural, pues a éstas les atraen los tipos duros. Yo diría que la caza mayor era una vía de escape para su sadismo.

Starkwedder señaló los trofeos de caza que colgaban de la pared y se acercó a los ventanales.

–Richard Warwick debió de ser un gran egoísta –continuó–. Ésa es la impresión que tengo por la forma en que todos hablan de él. Disfrutaba haciéndose pasar por un hombre bondadoso, generoso, con éxito, encantador y todo lo demás. Pero esa veta cruel estaba allí, y cuando tuvo el accidente se arrancó la máscara y pudieron verle como era en realidad.

La señorita Bennett se puso en pie.

–No creo que sea asunto suyo –exclamó indignada–. Usted es un extraño y no sabe nada.

–Quizá no, pero he oído muchas cosas –objetó Starkwedder–. Por alguna, todo el mundo acude a mí.

–Sí, supongo que sí. De hecho, aquí estoy yo hablando con usted, ¿verdad? –reconoció–. Eso es porque no nos atrevemos a hablar entre nosotros. –Le miró con expresión suplicante–. Ojalá no tuviera que marcharse.

Starkwedder sacudió la cabeza.

–Realmente no he ayudado en nada, lo único que hice fue entrar y descubrir el cadáver.

–¿No fue Laura quien descubrió a Richard? –repuso la señorita Bennett. Y añadió–: ¿O es que Laura y usted...?

18

Starkwedder miró a la señorita Bennett y sonrió.

–Es usted muy astuta –observó.

Ella clavó los ojos en él.

–Usted la ayudó, ¿verdad? –preguntó con tono acusador.

Starkwedder se alejó de ella.

–Se está imaginando cosas –respondió.

–No, no es así. Quiero que Laura sea feliz, no sabe cuánto lo deseo.

Starkwedder se volvió hacia ella y exclamó:

–Maldita sea, yo también.

Ella le miró sorprendida.

–En ese caso, tengo que... tengo –dijo Starkwedder, que había posado la vista en la terraza por casualidad y había descubierto al joven Jan con una pistola en la mano; indicó al ama que guardara silencio. Se acercó a los ventanales, abrió la puerta y gritó–: ¿Qué estás haciendo?

En ese instante, la señorita Bennett vio a Jan en el jardín blandiendo una pistola. Corrió hacia los ventanales y gritó:

–Jan, ¡dame esa arma!

Pero Jan salió corriendo mientras gritaba:

–¡Ven a buscarla!

La señorita Bennett corrió tras él, gritando desesperada:

–¡Jan! ¡Jan!

En ese momento entró Laura en la habitación.

–¿Dónde está el inspector? –preguntó.

Starkwedder negó con la cabeza. Laura se acercó a él.

–Michael, tienes que escucharme –le imploró–. Julian no ha matado a Richard.

–¿Es eso cierto? –respondió Starkwedder con frialdad–. Te lo ha dicho él, ¿no es así?

–No me crees, pero es cierto –replicó ella con tono desesperado.

–Eso significa que tú le crees.

–No. Sé que es verdad –replicó Laura–. Verás, él pensaba que yo había matado a Richard.

–No me sorprende –repuso él con mordacidad–. También lo creía yo, ¿no?

Laura pareció todavía más desesperada al insistir:

–Él pensaba que yo había matado a Richard, era incapaz de asimilarlo, le hacía... le hacía verme de una manera diferente.

Starkwedder la observó con frialdad.

–Pero, cuando pensaste que había sido él quien había matado a Richard ¡ni te inmutaste! –Starkwedder sonrió–. ¡Las mujeres son maravillosas! –murmuró. Se acercó al sofá y se apoyó en el brazo–. ¿Qué es lo que hizo que Farrar se perjudicara a sí mismo diciendo que estuvo aquí anoche? ¿No me digas que se debe a un puro y simple amor a la verdad?

–Fue Angell –respondió Laura–. Angell vio, o dice haber visto, a Julian aquí.

–Sí –comentó él con una risita amarga–, creí detectar cierto hedor a chantaje; es un mal bicho ese Angell.

–Dice que vio a Julian justo después del disparo. ¡Estoy asustada! El círculo se está estrechando, tengo miedo.

Starkwedder la cogió por los hombros.

–No tienes por qué estar asustada –le aseguró–, todo saldrá bien.

Laura sacudió la cabeza.

–No es verdad –gimió.

–Todo saldrá bien, créeme –insistió sacudiéndola ligeramente por los hombros.

Ella le observó con ojos inquisidores.

–¿Sabremos alguna vez quién mató a Richard? –preguntó.

Starkwedder la miró sin responder. Se acercó a los ventanales y contempló el jardín.

–Tu señorita Bennett está segura de conocer todas las respuestas.

–Siempre está segura de todo, pero a veces se equivoca –replicó Laura.

Starkwedder vislumbró algo en el exterior e hizo señas a Laura para que se acercara. Ella corrió hacia él y tomó la mano que le tendía.

–Mira, Laura –exclamó observando el jardín–. ¡Me lo imaginaba!

–¿Qué sucede?

–¡Sssh! –le advirtió.

En ese preciso instante entró la señorita Bennett desde el pasillo.

–¡Señor Starkwedder! –dijo–. ¡Vaya a la siguiente habitación, el inspector está allí! ¡Rápido!

Starkwedder y Laura salieron al pasillo. Tan pronto como se hubieron marchado, la señorita Bennett se dirigió al jardín, donde la luz del día comenzaba a desvanecerse.

–Vamos, Jan –llamó–, no juegues más. ¡Entra!

19

La señorita Bennett esperó a Jan junto a los ventanales. Jan entró con aspecto iracundo y triunfante a la vez, y con una pistola en la mano.

–Veamos, Jan, ¿de dónde has sacado eso? –preguntó ella.

–Te creías muy lista, ¿eh, Benny? –respondió él, beligerante–. Muy lista porque habías guardado las pistolas de Richard allí, bajo llave. –Señaló el pasillo con un gesto–. Pero encontré una llave que abría el armario de las pistolas. Ahora tengo una pistola, igual que Richard. Tendré muchas pistolas y dispararé a cosas. –Alzó la que llevaba y apuntó a la señorita Bennett, que se estremeció–. Ten cuidado, Benny –continuó con una risita–, quizá te dispare.

Ella intentó no parecer demasiado asustada mientras decía con el tono más suave de que era capaz:

–Tú no harías una cosa semejante, Jan. Sé que no lo harías.

Él continuó apuntándola, pero después bajó el arma.

La señorita Bennett se relajó levemente y, tras una pausa, Jan exclamó con dulzura y cierta ansiedad:

–No, no lo haría. Claro que no lo haría.

–Después de todo, tú no eres un niño insensato

–dijo ella con tono tranquilizador–. Ahora eres un hombre, ¿verdad?

Jan esbozó una amplia sonrisa. Se acercó al escritorio y se sentó en la silla.

–Sí, soy un hombre –convino–. Ahora que Richard ha muerto, soy el hombre de la casa.

–Por eso sé que no me matarías. Sólo matarías a un enemigo.

–Exacto –exclamó él entusiasmado.

Escogiendo sus palabras con cuidado, la señorita Bennett dijo:

–Durante la guerra, si pertenecías a la Resistencia y matabas a un enemigo hacías una muesca en la culata de tu arma.

–¿Ah, sí? –respondió Jan examinando la pistola–. ¿Eso hacían? –Miró a la señorita Bennett emocionado–. ¿Había personas que tenían muchas muescas?

–Sí. Había personas que tenían bastantes muescas.

Jan soltó una carcajada de satisfacción.

–¡Qué divertido! –exclamó.

–Claro que a algunas personas no les gusta matar, pero a otras sí.

–A Richard le gustaba.

–Sí, a Richard le gustaba matar cosas –reconoció ella. Se alejó de él con gesto tranquilo y agregó–: A ti también te gusta matar cosas, ¿verdad, Jan?

Él sacó una navaja del bolsillo y comenzó a grabar una muesca en la pistola.

–Matar es emocionante –comentó con cierta irritación.

La señorita Bennett lo miró.

–Tú no querías que Richard te enviara lejos de aquí, ¿verdad, Jan? –preguntó con voz queda.

–Dijo que lo haría –respondió Jan vehemente–. ¡Era un monstruo!

La señorita Bennett se situó detrás de la silla de Jan.

–Una vez dijiste a Richard –le recordó– que le matarías si te enviaba fuera.

–¿Ah, sí? –respondió él con indiferencia.

–Pero ¿no le mataste? –preguntó ella entonando las palabras como si fueran un media pregunta.

–No, no le maté.

–Fue algo cobarde por tu parte.

–¿Ah, sí? –preguntó Jan con un brillo malicioso en los ojos.

–Sí, creo que sí, decir que le ibas a matar y luego no hacerlo... –La señorita Bennett caminaba alrededor del escritorio pero tenía los ojos clavados en la puerta–. Si alguien me amenazara con mandarme fuera querría matarle, y lo haría.

–¿Quién dice que no lo hice? –respondió Jan–. Quizá sí fui yo.

–Ah, no, seguro que no fuiste tu –dijo ella desdeñosa–. Sólo eres un niño, no te hubieras atrevido.

Jan se levantó de la silla.

–¿Crees que no me hubiera atrevido? –chilló–. ¿Es eso lo que crees?

–Claro que lo creo. –Parecía estar provocándolo de forma deliberada–. Está claro que nunca te hubieras atrevido a matar a Richard, para eso tendrías que ser muy valiente y maduro.

Jan le dio la espalda y se acercó a los ventanales.

–Tú no lo sabes todo, Benny –dijo, herido–. No, Benny, no lo sabes todo.

–¿Hay alguna cosa que no sepa? ¿Te estás burlando de mí, Jan?

La señorita Bennett aprovechó ese momento para abrir ligeramente la puerta. Jan se encontraba junto a los ventanales, desde donde un haz de luz del sol poniente iluminaba la habitación.

–Sí, me estoy burlando de ti –le gritó–. Y lo hago porque soy mucho más listo que tú.

Jan se volvió y la señorita Bennett dio un respingo involuntario.

–Sé cosas que tú no sabes –agregó él.

–¿Qué sabes tú que yo no sepa? –preguntó ella intentando no sonar demasiado ansiosa.

Jan no respondió, simplemente esbozó una sonrisa misteriosa al tiempo que se sentaba en el escabel. Ella se acercó a él.

–¿No me lo vas a decir? –preguntó de nuevo con tono persuasivo–. ¿No me vas a confiar tu secreto?

Jan se apartó de ella.

–Yo no confío en nadie –respondió con acritud.

–Me pregunto si es cierto que has sido muy listo.

Jan soltó una risita nerviosa.

–Empiezas a darte cuenta de lo listo que soy –le dijo.

Ella le miró con expresión especulativa.

–Quizás haya muchas cosas que desconozco sobre ti –convino.

–Muchas –le aseguró Jan–. Y yo sé muchas cosas de todos los demás, pero no siempre las cuento. A veces me levanto por la noche y deambulo por la casa, veo muchas cosas y encuentro muchas cosas, pero no las aireo.

Con aire de complicidad, ella preguntó:

–¿Tienes algún gran secreto ahora?

Jan pasó una pierna por encima del escabel y se sentó a horcajadas.

–¡Un gran secreto! –exclamó encantado–. Te asustarías si lo supieras –agregó con una risa casi histérica.

–¿De verdad? ¿De verdad me asustaría? ¿Tendría miedo de ti? –inquirió mientras se situaba delante de Jan y le miraba fijamente.

Él alzó la vista. La expresión de júbilo se desvaneció de su rostro y su voz sonó muy seria cuando respondió:

–Sí, tendrías mucho miedo de mí.

Ella continuó estudiándole con detenimiento.

–No sabía cómo eras en realidad, Jan –reconoció–. Ahora empiezo a comprenderlo.

Los cambios de humor de Jan comenzaban a ser más pronunciados, y con tono desquiciado exclamó:

–En realidad nadie sabe nada de mí ni de las cosas que puedo hacer. El tonto de Richard sentado siempre allí disparando a los pájaros... Nunca pensó que alguien le dispararía a él, ¿verdad?

–No –respondió ella–, ése fue su error.

Jan se levantó.

–Sí, ése fue su error –convino–. Pensaba que podía echarme de aquí, pero le di una lección.

–¿Ah, sí? ¿Cómo?

Jan la miró con picardía, guardó silencio y finalmente dijo:

–No te lo voy a decir.

–Dímelo, Jan –suplicó ella.

–No. –Se acercó al sillón y se subió encima, con la pistola apoyada en la mejilla–. No, no se lo voy a decir a nadie.

La señorita Bennett se acercó a él.

–Quizá tengas razón –le dijo–. Quizá pueda adivinar lo que hiciste, pero no voy a decirlo, porque es tu secreto, ¿no es así?

–Sí, es mi secreto –respondió él mientras se levantaba y comenzaba a caminar nervioso por la habitación–. Nadie sabe cómo soy –exclamó alterado–. Soy peligroso, más vale que tengáis cuidado, soy peligroso.

La señorita Bennett le dedicó una mirada triste.

–Richard no sabía lo peligroso que eras –dijo–, debió de sorprenderse mucho.

Jan regresó junto al sillón y la observó con detenimiento.

–Sí, sí que se sorprendió –convino–. Puso cara rara y cuando acabó todo, inclinó la cabeza hacia delante, había sangre, y no se movía. ¡Le enseñé una lección! Ahora ya no me enviará fuera.

Jan fue hasta un extremo del sofá y se sentó mientras movía la pistola de un lado a otro delante de la señorita Bennett, que intentaba contener las lágrimas.

–¡Mira! –exclamó Jan–. Mira, ¿ves? He hecho una muesca en la pistola. –Le dio unos golpecitos con la navaja.

–¡Vaya! –exclamó ella al tiempo que se acercaba a él–. ¡Qué emocionante!

Intentó coger la pistola de la mano tendida de Jan, pero él la apartó.

–¡Ah, no! ¡Eso sí que no! –gritó mientras se incorporaba con rapidez–. Nadie me va a quitar mi pistola. Si la policía intenta arrestarme, les dispararé.

–No será necesario hacer eso –le aseguró la señorita Bennett–. Eres tan listo que jamás sospecharán de ti.

–¡La policía es tonta! ¡La policía es tonta! –gritó Jan jubiloso–. ¡Richard es tonto!

Mientras blandía el arma ante la figura imaginaria de Richard vio que se abría la puerta. Con una exclamación de alarma, huyó deprisa hacia el jardín.

La señorita Bennett se derrumbó llorando sobre el sofá en el momento en que el inspector Thomas entró en la habitación seguido del sargento Cadwallader.

20

–¡Tras él! ¡Rápido! –gritó el inspector al sargento al irrumpir en el estudio.

El sargento salió corriendo a la terraza mientras Starkwedder entraba desde la puerta del pasillo seguido de Laura, que fue a otear el jardín. Angell fue el siguiente en aparecer y también se acercó a los ventanales. Detrás de él llego la señora Warwick, que permaneció de pie, erguida, en el umbral de la puerta.

El inspector Thomas se volvió hacia la señorita Bennett.

–Vamos, vamos... –la tranquilizó–. No se ponga así, lo ha hecho muy bien.

Con voz entrecortada, ella respondió:

–Lo sabía desde el principio. Conozco a Jan mejor que nadie, sabía que Richard le estaba empujando demasiado lejos, y sabía que Jan se estaba volviendo peligroso.

–¡Jan! –exclamó Laura. Exhaló un suspiro de aflicción y murmuró–: No, no..., Jan no. –Se acercó a la silla del escritorio y se sentó–. No puedo creerlo –dijo con voz entrecortada.

La señora Warwick fulminó a la señorita Bennett con la mirada y con desdén le dijo:

–¿Cómo has podido, Benny? Pensé que al menos tú serías fiel.

La respuesta de ella fue desafiante:

–Hay ocasiones en que la verdad es más importante que la lealtad. Ustedes no veían, ninguno de ustedes, que Jan se estaba volviendo peligroso, es un chico encantador, muy dulce, pero...

Embargada por el dolor, no pudo continuar.

La señora Warwick avanzó con pasos lentos hasta el sillón, donde se sentó y permaneció con la mirada ausente.

El inspector, con tono pausado, completó la frase de la señorita Bennett:

–Pero hay veces en las que, al superar determinada edad, se vuelven peligrosos porque ya no comprenden lo que hacen, no disponen del juicio ni el control de un adulto. –Se acercó a la señora Warwick y le dijo–: No se preocupe, señora, me ocuparé de que le traten con consideración, creo que podrá establecerse con facilidad que no era responsable de sus acciones, lo cual significa que se le confinará en un lugar confortable; usted sabe que esto hubiera sucedido pronto de todos modos.

Y tras estas palabras salió de la habitación.

–Sí, ya sé que tienes razón –reconoció la señora Warwick–. Disculpa, Benny. Dices que nadie más sabía que era peligroso, pero no es cierto. Yo lo sabía pero era incapaz de hacer nada al respecto.

–Alguien tenía que hacer algo –respondió Benny.

Se hizo el silencio en la habitación, pero la tensión aumentó mientras esperaban a que el sargento Cadwallader regresara con Jan.

Sin embargo, a un centenar de metros de la casa,

junto a la carretera sobre la que poco a poco se cernía la niebla, tenía lugar una dramática escena. El sargento había acorralado a Jan frente a un muro, pero éste blandía el arma sin dejar de gritar:

–¡No se acerque, nadie me va a encerrar, le voy a disparar, no bromeo, no le tengo miedo a nadie!

El sargento se detuvo a unos seis metros de Jan.

–Vamos, muchacho –dijo con tono persuasivo–, nadie va a hacerte daño, pero las pistolas son muy peligrosas. Dámela y regresa conmigo a la casa. Podrás hablar con tu familia, ellos te ayudarán.

El sargento avanzó unos pasos hacia el joven, que comenzó a gritar con histerismo.

–¡Lo digo en serio, le dispararé, no me importan los policías, usted no me asusta!

–Claro que no, no tienes por qué tener miedo de mí, jamás te haría daño. Regresa conmigo a la casa, vamos.

Dio un paso más pero Jan levantó el arma y disparó dos veces. Erró el primer tiro pero el segundo alcanzó a Cadwallader en la mano izquierda. El sargento gimió de dolor pero se abalanzó sobre Jan y le derribó. Durante el forcejeo, el arma se disparó accidentalmente cuando apuntaba al pecho de Jan, que soltó un grito y enmudeció.

Horrorizado, el sargento se inclinó sobre él, incrédulo.

–Oh, no –murmuró–. Pobre muchacho, ¡no! No puedes estar muerto. Por favor, Señor...

Le tomó el pulso y meneó la cabeza.

Se puso en pie y se alejó unos pasos. Sólo entonces notó que la mano le sangraba a borbotones. Se la envolvió con un pañuelo y corrió de regreso a la casa, sujetándose el brazo izquierdo al tiempo que gemía de dolor.

Llegó a la puerta de la terraza tambaleándose.

–¡Señor! –gritó mientras el inspector y los demás acudían corriendo a su encuentro.

–¿Qué diablos ha sucedido?

Con la respiración entrecortada, el sargento respondió:

–Tengo que contarle algo terrible.

Starkwedder le ayudó a entrar y, con pasos vacilantes, el sargento se sentó en el escabel. El inspector se acercó a su lado.

–¡Su mano! –exclamó.

–Yo me ocupo de eso –murmuró Starkwedder al tiempo que cogía el brazo de Cadwallader, retiraba el pañuelo manchado de sangre, sacaba el suyo del bolsillo y le envolvía la mano.

–Se estaba formando una capa de niebla –comenzó a explicar Cadwallader–. Era difícil ver con claridad. Me disparó en la carretera cerca del bosquecillo.

Laura, con expresión horrorizada, se dirigió a los ventanales.

–Me disparó dos veces –dijo el sargento–, y la segunda me alcanzó en la mano.

La señorita Bennett se llevó la mano a la boca.

–Intenté arrancarle la pistola –continuó el sargento–, pero me vi limitado por la mano...

–¿Y qué sucedió? –le instó el inspector.

–Tenía el dedo en el gatillo –agregó el sargento–, y se disparó. La bala le atravesó el corazón. Está muerto.

21

Las palabras del sargento Cadwallader fueron recibidas con un sombrío silencio. Laura se sentó en la silla del escritorio y clavó los ojos en el suelo. La señora Warwick inclinó la cabeza y se apoyó en el bastón. Starkwedder comenzó a pasearse por la habitación.

–¿Está seguro de que ha muerto? –preguntó el inspector.

–Lo estoy –respondió el sargento–. Pobre muchacho, me gritaba desafiante mientras disparaba, como si disfrutara con ello.

El inspector se dirigió a los ventanales.

–¿Dónde está? –inquirió.

–Le acompañaré para mostrárselo –contestó el sargento mientras se levantaba.

–No, usted se queda aquí –le ordenó su superior.

–Me encuentro bien –insistió el sargento–, puedo aguantar hasta que regresemos a comisaría. –Salió a la terraza tambaleándose, se volvió hacia los presentes con expresión compungida y murmuró–: «Uno no debería tener miedo cuando está muerto». Es de Alexander Pope. –El sargento sacudió la cabeza y se alejó con pasos lentos.

El inspector se volvió hacia la señora Warwick y el resto de los presentes.

–No puedo decirle cuánto lo siento, pero quizá fuera la mejor solución –dijo antes de seguir al sargento al jardín.

La señora Warwick le observó mientras se alejaba.

–¡La mejor solución! –exclamó con furia y desesperación a la vez.

–Sí –suspiró la señorita Bennett–, es lo mejor. Ahora es libre, pobre muchacho. –Se acercó a la señora Warwick y la ayudó a levantarse–. Vamos, querida, esto ha sido demasiado para usted.

La mujer la miró.

–Iré... iré a recostarme –murmuró mientras la señorita Bennett la acompañaba a la puerta.

Starkwedder extrajo un sobre del bolsillo y se lo entregó a la señora Warwick.

–Creo que es mejor que le devuelva esto –comentó.

Ella se volvió hacia él.

–Sí –respondió–, ya no será necesario.

La señora Warwick y la señorita Bennett abandonaron la habitación. Starkwedder estaba a punto de cerrar la puerta detrás de ellas cuando se percató de la presencia de Angell junto a los ventanales. El asistente se acercó a Laura, que estaba sentada frente al escritorio.

–Si me lo permite, señora, quisiera decirle cuánto lo siento. Si puedo hacer cualquier cosa, sólo tiene que...

Sin alzar la vista, Laura repuso:

–No precisamos más de su ayuda, Angell. Recibirá un cheque por sus servicios y quisiera que abandonara esta casa hoy mismo.

–Sí, señora. Gracias –contestó Angell sin mostrar ningún sentimiento, y abandonó el estudio.

Oscurecía en la habitación y los últimos rayos de sol proyectaban sombras sobre las paredes.

Starkwedder miró a Laura.

–¿No vas a denunciarle por chantaje?

–No –replicó ella con languidez.

–Es una lástima. –Starkwedder se acercó–. Supongo que será mejor que me marche. Voy a despedirme. –Se detuvo un instante pero Laura no se volvió hacia él–. No sufras demasiado –agregó.

–Pues sí –respondió Laura con emoción.

–¿Porque le querías? –preguntó Starkwedder.

Laura lo miró.

–Sí, y porque ha sido por mi culpa. Richard tenía razón, tendríamos que haber enviado al pobre Jan a algún lugar, encerrarlo allí donde no pudiera hacer daño a nadie. Fui yo la que no lo permití, así que por mi culpa asesinó a Richard.

–Vamos, Laura, no dramatices –respondió Starkwedder con sequedad–. Richard murió porque se lo merecía; podría haberse mostrado amable con el muchacho, ¿no? No te tortures, lo que tienes que hacer ahora es ser feliz, feliz por siempre jamás, como dicen los cuentos.

–¿Feliz? ¿Con Julian? –contestó ella con amargura–. ¡No sé cómo! Ya no es lo mismo.

–¿Quieres decir entre Farrar y tú?

–Sí, cuando pensaba que Julian había matado a Richard las cosas no cambiaron para mí, seguía queriéndole igual. –Hizo una pausa antes de continuar–. Incluso estaba dispuesta a decir que lo había hecho yo.

–Lo sé. Qué ingenua. ¡Cómo les gusta a las mujeres hacerse las mártires!

–Pero cuando Julian pensó que lo había hecho yo

–prosiguió con vehemencia–, cambió su actitud hacia mí por completo. Es cierto que intentó comportarse con decencia y no incriminarme, pero eso es todo. –Se sentó en el escabel con desilusión–. Ya no me quería.

Starkwedder se acercó a ella.

–Mira –dijo–, los hombres y las mujeres no reaccionan de la misma manera. Los hombres son más sensibles y las mujeres más duras. Un hombre no puede tomarse un asesinato con calma pero, al parecer, una mujer sí. Lo cierto es que si un hombre comete un asesinato por una mujer, la mujer le apreciará más, pero un hombre es diferente.

Laura lo miró.

–Tú no sentiste lo mismo –comentó– cuando pensaste que yo había matado a Richard. Me ayudaste.

–Eso fue diferente. –Starkwedder parecía desconcertado–. Tenía que ayudarte.

–¿Por qué? –preguntó Laura.

Él no contestó de inmediato. Después, con voz queda, dijo:

–Todavía quiero ayudarte.

–¿No te das cuenta de que volvemos a encontrarnos en el punto de partida? En cierta manera fui yo quien mató a Richard porque... porque me obcequé con el tema de Jan.

Starkwedder se sentó en el escabel junto a ella.

–Eso es lo que te corroe por dentro, ¿no es así? –preguntó–. Saber que Jan mató a Richard, pero no tiene por qué ser necesariamente cierto.

Laura le lanzó una mirada escrutadora.

–¿Cómo puedes decir eso? –repuso–. Yo lo oí, todos lo oímos, Jan lo confesó, alardeó de ello.

–Es cierto. Sí, lo sé, pero ¿cuánto sabes acerca del poder de la sugestión? Tu querida señorita Bennett jugó con Jan muy bien, consiguió que se alterara (no puede negarse que el muchacho era muy influenciable), y le agradaba la idea, como a muchos adolescentes, de tener poder, incluso de ser un asesino. Benny le colocó el anzuelo delante y él lo mordió. Había matado a Richard y había grabado una muesca en la pistola, así que era un héroe. –Se incorporó–. Pero tú no sabes, nadie sabe, si lo que dijo era verdad.

–¡Dios Santo! ¡Pero si disparó al sargento!

–Sí, realmente era un asesino en potencia –reconoció Starkwedder–. Es posible que disparara a Richard, pero no puedes estar segura, quizá... quizá fue otra persona.

Ella le miró incrédula.

–Pero ¿quién?

Starkwedder reflexionó un instante.

–La señorita Bennett, quizá –sugirió mientras se sentaba en el sillón–. Después de todo, os tiene mucho aprecio. Quizá pensó que sería lo mejor para todos. Quizás incluso la señora Warwick, o tu amante Julian, que después fingió pensar que lo habías hecho tú, una estrategia muy inteligente que te embaucó por completo.

Laura se levantó.

–Realmente no crees lo que estás diciendo –le recriminó–, sólo intentas consolarme.

Él la miró con exasperación.

–Mi querida amiga, cualquiera pudo haber disparado a Richard, incluso MacGregor.

–¿MacGregor? Pero si está muerto.

–Claro que está muerto. Tenía que estarlo. –Se dirigió hacia un extremo del sofá–. Mira, voy a demostrarte cómo pudo haber sido MacGregor el asesino. Digamos que decidiera matar a Richard en venganza por el accidente en el que falleció su hijo. –Starkwedder se sentó en el brazo del sofá–. Pues bien, primero tiene que desprenderse de su propia identidad. No debía de ser difícil para él fingir su fallecimiento en algún lugar remoto de Alaska. Le costaría algo de dinero y algún testimonio falso, es obvio, pero estas cosas pueden arreglarse. Después cambia de nombre y se forja una nueva identidad en otro país, con otro trabajo.

Laura le contempló antes de sentarse en el sillón. Cerró los ojos y respiró hondo, luego los abrió y le miró de nuevo.

Starkwedder continuó con su especulación.

–Se mantiene al día de lo que sucede aquí. Sabe que abandonáis Norfolk y que venís a esta parte del mundo. Comienza a elaborar un plan. Se afeita la barba, se tiñe el pelo y todas esas cosas. Entonces, en una noche de bruma se dirige aquí. Digamos que todo sucedió así. –Starkwedder se incorporó y se dirigió a los ventanales–. Imaginemos que MacGregor dice a Richard: «Tengo una pistola y tú también. Contemos hasta tres y disparemos los dos. He venido a vengar la muerte de mi hijo».

Laura le contempló horrorizada.

–Sabes –continuó él–, no creo que tu marido fuera tan buen deportista como piensas. Tal vez no hubiera esperado a contar hasta tres. Dices que tenía muy buena puntería, pero esta vez falló, y la bala salió por aquí –hizo un ademán mientras salía a la terraza– hacia el jardín, donde hay multitud de balas. Pero Mac-

Gregor no yerra el tiro: dispara y lo mata. –Starkwedder regresó a la habitación–. Deja caer la pistola junto al cuerpo, toma la de Richard, sale por el ventanal y regresa después.

–¿Regresa? ¿Por qué regresa?

Él la contempló unos segundos sin responder. Después, tomando aliento, dijo:

–¿No te lo imaginas?

Laura lo miró sorprendida y sacudió la cabeza.

–No, no tengo ni idea –replicó.

Starkwedder continuó mirándola fijamente. Luego dijo:

–Bien, supón que MacGregor tiene un accidente con el coche y no puede huir. ¿Qué más puede hacer? Sólo una cosa: venir a la casa y descubrir el cuerpo.

–Hablas... –dijo Laura con voz entrecortada– hablas como si supieras exactamente lo que sucedió.

Starkwedder fue incapaz de contenerse.

–¡Claro que lo sé! –exclamó con vehemencia–. ¿No lo comprendes? ¡Yo soy MacGregor!

Y se apoyó contra las cortinas al tiempo que sacudía la cabeza con desesperación.

Laura se levantó con expresión incrédula. Se acercó a él, incapaz de comprender el significado de sus palabras.

–Tú... –murmuró–, tú...

Starkwedder se acercó a ella con lentitud.

–Jamás pensé que sucedería esto –le dijo con voz entrecortada por la emoción–. Quiero decir, encontrarte a ti y descubrir que me importabas y que... ¡Dios mío! ¡Es inútil! –Mientras ella le miraba aturdida, Starkwedder tomó su mano y la besó en la palma–. Adiós, Laura –dijo con brusquedad.

Salió por el ventanal y desapareció en medio de la niebla. Laura corrió tras él gritando:

–¡Espera! ¡Espera! ¡Vuelve!

La niebla formaba volutas y la sirena de Bristol comenzó a sonar.

–¡Vuelve, Michael! ¡Vuelve! –No obtuvo respuesta–. ¡Vuelve, Michael! ¡Regresa, te lo suplico! ¡Tú también me importas!

Laura escuchó con atención, pero sólo distinguió el motor de un coche que arrancaba y se alejaba.

La sirena de niebla continuó sonando mientras ella se dejaba caer contra la ventana y rompía a llorar.

Título de la edición original: *Agatha Christie's the Unexpected Guest*
Traducción del inglés: Melissa Arcos,
cedida por Plaza & Janés Editores, S. A.
Diseño: Eva Mutter

Círculo de Lectores, S. A. (Sociedad Unipersonal)
Travessera de Gràcia, 47-49, 08021 Barcelona
www.circulolectores.com
3 5 7 9 0 0 1 2 8 6 4 2

Licencia editorial para Círculo de Lectores
por cortesía de Plaza & Janés Editores, S. A.

Depósito legal: B. 44824-2000
Fotocomposición: gama, s. l., Barcelona
Impresión y encuadernación: Printer industria gráfica, s. a.
N. II, Cuatro caminos s/n, 08620 Sant Vicenç dels Horts
Barcelona, 2000. Impreso en España
ISBN 84-226-8545-0
N.º 33324 B